मण्टो अब तक-2

शरीर और आत्मा

सआदत हसन मण्टो

सम्पादक

मुशर्रफ़ आलम ज़ौक़ी

वाणी प्रकाशन

वाणी प्रकाशन

4695, 21-ए, दरियागंज, नयी दिल्ली 110 002

फ़ोन : +91 11 23273167 फ़ैक्स : +91 11 23275710

शाखाएँ

अशोक राजपथ, पटना 800 004, बिहार

कॉफ़ी हाउस कैम्पस, महात्मा गांधी मार्ग, इलाहाबाद 211 001, उत्तर प्रदेश

महात्मा गांधी अन्तरराष्ट्रीय हिन्दी विश्वविद्यालय, वर्धा 442 001, महाराष्ट्र

www.vaniprakashan.in
marketing@vaniprakashan.in
sales@vaniprakashan.in

SHARIR AUR AATMA
by Saadat Hasan Manto
Edited by Musharraf Aalam Zauqi

ISBN : 978-81-8143-819-5
Collection of Short Stories

संस्करण 2008, 2016
आवृत्ति 2018

मूल्य : ₹ 250

एम.एस. प्रिंटर्स, दिल्ली-110 095 में मुद्रित

वाणी प्रकाशन का लोगो मक़बूल फ़िदा हुसेन की कूची से

अनुक्रम

मन्टो और नया मौसम

शरीर और आत्मा-- वास्तव में मन्टो देह से आत्मा तक के रहस्यों को अपनी कहानी द्वारा जानने का इच्छुक था। इसलिए विभाजन से साम्प्रदायिकता और गुलामी के दिनों से आज़ादी के एहसास तक एक ओर वो 'आत्माओं' के मंथन में रहता है तो दूसरी ओर देह के मनोविज्ञान-विज्ञान में डूबता उभरता एक कुशल सर्जन की तरह अपनी रचनाओं को नया आयाम देने की तैयारी में जुट जाता है। मन्टो को खुदा ने छोटी उम्र दी लेकिन तजुर्बों का एक बड़ा ख़ज़ाना दिया और मन्टो इस छोटी-सी उम्र में इस ख़ज़ाने का सद्पियोग जानता था। इसलिए कुदरत के बिखरे रंगों को समेटता हुआ, वह उसकी विशाल दुनिया में अपने क़लम से रंग भरने का काम करता रहा।

वास्तव में मन्टो पर अब तक बहुत ज़्यादा नहीं लिखा गया। या मन्टो को उस तरह देखा या समझा नहीं गया, जिस तरह उसे देखने या समझने की ज़रूरत थी। उर्दू में तो फिर भी मन्टो पर लेखन-जायज़े के दरवाज़े खुले लेकिन हिन्दी के लिए मन्टो की दुनियाएं अभी भी बहुत हद तक अंजान या सीमित बनी हुई हैं। यद्यपि हिन्दी में मन्टो पर किताबों की कोई कमी नहीं। लेकिन मन्टो पर गम्भीरता से काम करने वालों की कमी यहां से पाकिस्तान तक साफ देखी जा सकती है। मेरा मानना है कि मन्टो पर लिखते हुए भी आलोचक पुरानी टिप्पिणयों का ही सहारा लेता रहा और मन्टो इन आलोचकों की दृष्टि में केवल अपनी कुछेक कहानियों के माधयम से ही घूमता रहा। टोबा टेक सिंह से सौगंधी या मोज़ैल तक, मन्टो की शिनाख़्त करने वाले आलोचकों ने कभी भी 'मोइनुद्दीन' या 'शिकारी औरतें' या 'मेरठ की कैंची' या 'शरीर और आत्मा' जैसी कहानियों के हिवाले से, या

इनके चरित्र के हिवाले से कभी संवाद की कोशिश नहीं की। जबकि मेरा मानना है, मंटो को जिन कहानियों की मार्फ़त याद किया जाता है, उन कहानियों से भी ज़्यादा बड़ी कहानियों वो हैं, जिनके बारे में पाठक नहीं जानते। या जो कहानियां अब तक संवाद रहित रही हैं। लेकिन वास्तविकता यह है कि असल मंटो इन कहानियों में ही सांस लेता है।

मन्टो की प्रत्येक कहानी का मौसम एक होते हुए भी जुदा है। और जैसा मैं पहले भी लिख चुका हूं कि हर आने वाला मौसम अपना मन्टो स्वयं ही दरियाफ़्त करेगा। यह सिलसिला मंटो को परखने-समझने की एक कोशिश का नाम है। आरम्भ की चार कहानियों का अुनवाद उर्दू के नौजवान कवि और पत्र-कार श्री आक़िल ज़्याद ने किया है। बाक़ी अनुवाद नबी अहमद ने अंजाम दिया है। कोशिश की गई है कि मन्टो की भाषा-स्वाद का पाठक-गण लुत्फ़ उठा सकें। इसलिए 'मूल' से ज़्यादा खिलवाड़ या परिवर्तन की कोशिश नहीं की गई।

आशा है, हमारा यह प्रयास आपको पसंद आयेगा।

मुशर्रफ़ आलम ज़ौक़ी
Zauqui2005@gmail.com

ख़ाली बोतलें, ख़ाली डब्बे

यह हैरत मुझे अब भी है कि ख़ास तौर पर ख़ाली बोतलों और डब्बों से मायूस मर्दों को इतनी दिलचस्पी क्यों होती है?-- मायूस मर्दों से मेरी मुराद उन मर्दों से है जिन की आम तौर पर शादी से कोई दिलचस्पी नहीं होती।

यूं तो इस तरह के मर्द अधिकतर सनकी और अजीबो-ग़रीब आदतों के मालिक होते हैं, लेकिन ये बात समझ में नहीं आती कि उन्हें ख़ाली बोतलों और डब्बों से क्यों इतना प्यार होता है?-- परिन्दे और जानवर अक्सर उन लोगों के पालतू होते हैं। यह समझ में आ सकता है कि तनहाई में उनका कोई तो साथी होना चाहिये, लेकिन ख़ाली बोतलें और डब्बे उनकी क्या गमगुसारी कर सकते हैं?

सनक और अजीबो-ग़रीब आदतों का आधार ढूंढना कोई मुश्किल नहीं कि फितरत का विरोध ऐसे बिगाड़ पैदा कर सकता है, लेकिन उसका हक़ीक़त में जाना बहुत मुश्किल है।

मेरे एक अज़ीज़ हैं। उम्र आपकी इस वक़्त पचास के करीब है। आपको कबूतर और कुत्ते पालने का शौक़ है और उस में कोई अजीबो-ग़रीबपन नहीं, लेकिन आपको यह रोग है कि बाज़ार से हर रोज़ दूध की बालाई (मलाई) खरीद कर लाते हैं। चूल्हे पर रखकर उसका रोग़न निकालते हैं और उस रौग़न में अपने लिए अलग से सालन तैयार करते हैं। उनका ख़्याल है कि इस तरह ख़ालिस घी तैयार होता है।

पानी पीने के लिए अपना घड़ा अलग रखते हैं। उसके मुंह पर हमेशा मलमल का टुकड़ा बंधा रहता है ताकि कोई कीड़ा-मकोड़ा अन्दर न चला

जाए मगर हवा बराबर दाखि़ल होती रहे। शौच जाते वक़्त सब कपड़े उतार कर एक छोटा सा तौलिया बांध लेते हैं और लकड़ी की खड़ाव पहन लेते हैं। अब कौन उनकी बालाई के रोगन घड़े की मलमल, अंग के तौलिये और लकड़ी के खड़ाव के मनोविज्ञानिक आस्था को हल करने बैठे।

मेरे एक गहरे दोस्त हैं, बज़ाहिर बड़े ही नार्मल इंसान, हाई कोर्ट में रीडर हैं। आपको हर जगह से हर वक़्त बदबू आती रहती है। इस लिए उनका रूमाल सदा उनकी नाक से चिपका रहता है। आपको ख़रगोश पालने का शौक़ है। एक और हज़रत हैं। आपको जब मौक़ा मिले नमाज़ पढ़ना शुरू कर देते हैं। लेकिन उसके बावजूद आपका दिमाग बिल्कुल सही है। दुनिया की सियासत पर आपकी नज़र बहुत गहरी है। तोतों को बातें सिखाने में बड़ी महारत रखते हैं।

मलेट्री के एक मेजर हैं। वयोवृद्ध और दौलत मन्द, आपको हुक्के जमा करने का शौक़ है। गिड़गिड़यां पेचावान, ग़र्ज़ ये कि हर क़िस्म का हुक्का उनके पास मौजूद है। आप कई मकानों के मालिक हैं मगर होटल में एक कमरा किराए पर लेकर रहते हैं। बटेरें आपकी जान हैं।

एक कर्नल साहब हैं, रिटायर्ड, बहुत बड़ी कोठी में अकेले दस बारह छोटे बड़े कुत्तों के साथ रहते हैं। हर ब्राण्ड की व्हिस्की उनके यहां मौजूद रहती है। हर रोज़ शाम को चार पैग पीते हैं और अपने साथ किसी न किसी लाडले कुत्ते को भी पिलाते हैं। मैंने अब तक जितने लोगों का ज़िक्र किया है, उन सब को हस्बे तौफीक़ ख़ाली बोतलों और डब्बों से दिलचस्पी है। मेरे दूध की बालाई से ख़ालिस घी तैयार करने वाले अज़ीज़ घर में जब भी कोई ख़ाली बोतल देखें तो उसे धो-धा कर अपनी अलमारी में सजाते हैं कि ज़रूरत के समय काम आएगी। हाई कोर्ट के रीडर जिन को हर जगह से हर वक़्त बदबू आती रहती है, सिर्फ़ ऐसी बोतलें और डब्बे जमा करते हैं जिनके सम्बंध में वह अपना पूरा इत्मीनान कर लेते हैं कि अब उनसे बदबू आने का कोई संदेह नहीं रहा जब मौक़ा मिले नमाज़ पढ़ने वाले ख़ाली बोतलें आबदस्त के लिए और टीन के ख़ाली डब्बे वज़ू के लिए दर्जनों की संख्या में जमा रखते हैं। उनके ख़्याल के मुताबिक़ ये दोनों चीज़ें सस्ती और पाकीज़ा रहती हैं, क़िस्म-क़िस्म के हुक्के जमा करने वाले मेजर साहब को ख़ाली बोतलें और ख़ाली डब्बे जमा करके उनको बेचने का शौक़ है और रिटायर्ड कर्नल साहब को सिर्फ़ व्हिस्की की ख़ाली बोतलें जमा करने का। आप कर्नल साहब के यहां जाएं तो एक छोटे साफ-सुथरे कमरे में कई

शीशे की अलमारियों में आपको व्हिस्की की ख़ाली बोतलें सजी हुई नज़र आएगी। पुराने से पुराने ब्राण्ड व्हिस्की की ख़ाली बोतल भी आपको उनके इस दुलर्भ संग्रह में मिल जाएगी। जिस तरह लोगों को टिकट और सिक्के जमा करने का शौक़ होता है उसी तरह उनको व्हिस्की की ख़ाली बोतलें जमा करने और उनकी नुमाइश करने का शौक़ बल्कि ख़ब्त है।

कर्नल साहब का कोई अज़ीज़ रिश्तेदार नहीं, कोई है तो उसका मुझे इल्म नहीं। दुनियां में अकेले हैं, लेकिन वो तन्हाई बिल्कुल महसूस नहीं करते। दस-बारह कुत्ते हैं। उनकी देखभाल वो इस तरह करते हैं जिस तरह शफ़ीक़ बाप अपने औलाद की करते हैं। सारा दिन उनका इन पालतू जानवरों के साथ गुज़र जाता है। फुर्सत के समय वह आलमरियों में अपनी चहेती बोतलें संवारते रहते हैं।

आप पूछेंगे ख़ाली बोतलें तो हुऐ, ये तुमने ख़ाली डब्बे क्यों साथ लगा दिये?... क्या यह ज़रूरी है कि एकांत प्रिय मर्दों को ख़ाली बोतलों के साथ-साथ ख़ाली डब्बों के साथ भी दिलचस्पी हो?-- और फिर डब्बे और बोतलें सिर्फ़ ख़ाली क्यों? भरी हुई क्यों नहीं? मैं आपसे शायद पहले ही अर्ज़ कर चुका हूं कि मुझे खुद इस बात की हैरत है। ये और इसी क़िस्म के और बहुत से सवाल अक्सर मेरे दिमाग़ में पैदा हो चुके हैं। बावजूद कोशिश के मैं जवाब हासिल नहीं कर सकता।

ख़ाली बोतलें और ख़ाली डब्बे शून्य का निशान है। और शून्य का कोई मंतक़ी जोड़ एकान्त प्रिय मर्दों से शायद यह हो सकता है कि ख़ुद उनकी ज़िन्दगी में एक शून्य होता है। लेकिन फिर ये सवाल पैदा होता है क्या वो इस शून्य को एक और शून्य से पूर्ति करते हैं। कुत्तों, बिल्लियों, ख़रगोशों और बन्दरों के सम्बन्ध में आदमी समझ सकता है कि वो ख़ाली खोली ज़िन्दगी की कमी एक हद तक पूरी कर सकते हैं कि वह दिल बहला सकते हैं, नाज़ नख़रे कर सकते हैं। दिलचस्प हरकतें अनोखे हो सकते हैं, प्यार का जवाब भी दे सकते हैं लेकिन ख़ाली बोतलें और डब्बे दिलचस्पी का क्या सामान बहम पहुंचाते हैं।

बहुत मुमकिन है आपको निम्न वाकियात में इन सवालों का जवाब मिल जाय। दस वर्ष पहले मैं जब बम्बई गया तो वहां एक मशहूर फिल्म कम्पनी की एक फिल्म तकरीबन बीस हफ़्तों से चल रही थी-- हीरोईन पुरानी थी लेकिन हीरो नया था जो इश्तेहारों में छपी हुई तस्वीरों में नौख़ेज़ दिखाई देता था। अखबारों में इसकी किर्दारनिगारी की तारीफ़ पढ़ी तो मैंने

यह फिल्म देखा, अच्छा ख़ासा था। कहानी जाजिब-ए-तवज्जो थी और उसमें हीरो का काम भी उस लिहाज़ से क़ाबिल-ए-तारीफ़ था कि उसने पहली बार कैमरे का सामान किया था।

पर्दे पर किसी ऐक्टर या ऐक्सेस की उम्र का अन्दाज़ा लगाना आम तौर पर मुश्किल होता है क्योंकि मेक-अप जवान को बूढ़ा और बूढ़े को जवान बना देता है। मगर यह नया हीरो निः संदेह नया था। कालेज के तालिब-ए-इल्म की तरह तरो-ताज़ा और चाको-चौबन्द। खूबसूरत तो नहीं था मगर उसके गठे हुए जिस्म का हर काम अपनी जगह पर उचित और संतुलित था।

इस फिल्म के बाद इस ऐक्टर की मैं ने और कई फ़िल्म देखीं। अब वह मंझ गया था। चेहरे की बचकाना उम्र और तजुर्बों की सख़्ती में तब्दील हो चुकी थी। इसका शुमार अब चोटी के अदाकारों में होने लगा था।

फिल्मी दुनिया में स्केन्डल आम होते हैं। आए दिन सुनने में आता है कि फलां ऐक्टर का फलां ऐक्ट्रेस से सम्बन्ध हो गया। फलां ऐक्ट्रेस फलां एक्टर को छोड़ कर फलां डायरेक्टर के पहलू में चली गई है। करीब-करीब ऐक्टर और हर ऐक्ट्रेस के साथ कोई न कोई रामांस जल्द या देर से जुड़ जाता है लेकिन उसने हीरों की ज़िन्दगी जिस का मैं ज़िक्र कर रहा हूं उन बखेड़ों से पाक थी। मगर अखबारों में इसका चर्चा नहीं था। किसी ने भूले से हैरत का भी इज़्हार नहीं किया था कि फिल्मी दुनियां रह कर रामस्वरूप की ज़िन्दगी जिन्सी अलायशों से पाक है।

मैने सच पूछिये तो इस बारे में कभी ग़ौर नहीं किया था इसलिये कि मुझ ऐक्ट्रों और ऐक्ट्रेसों की निजी ज़िन्दगी से कोई दिलचस्पी नहीं थी फिल्म देखा। इसके इसके सम्बन्ध में अच्छी या बुरी राय कायम की और बस। लेकिन जब रामस्वरूप से मेरी मुलाक़ात हुई तो मुझे उसके बारे में बहुत सी दिलचस्प बातें मालूम हुईं। ये मुलाक़ात उसकी पहली फिल्म देखने के तकरीबन आठ वर्ष बाद हुई।

शुरू-शुरू में मैं तो बम्बई से बहुत दूर एक गांव में रहता था मगर अब फिल्मी सरगर्मियां बढ़ जाने के कारण उसने शिवाजी पार्क में समुन्द्र के किनारे एक मध्य-वर्गीय फ्लेट ले रखा था उससे मेरी मुलाक़ात उसी फ्लेट में हुई जिसके चार कमरे थे, बावर्ची ख़ाने समेत।

उस फ्लेट में जो परिवार रहता था उसमें आठ लोग थे। खुद राम स्वरूप, उसका नौकर जो बावर्ची भी था, तीन कुत्ते दो बन्दर और एक बिल्ली। राम स्वरूप और उसका नौकर एकान्त प्रिय थे, तीन कुत्तों और

एक बिल्ली के मुकाबले में उनकी मुख़ालिफ़ जिन्स नहीं थी-- एक बन्दर था। दोनों अधिकतर एक जालीदार पिंजड़े में बन्दर रहते थे।

इन आधे दर्जन जानवरों के साथ राम स्वरूप की गहरी मुहब्बत थी। नौकर के साथ भी उसका सुलूक बहुत अच्छा था मगर उसमें जज़्बात का दखल बहुत कम था। लगे बन्धे काम थे जो निर्धारित समय पर मशीन की सी बेजान उसूलों के साथ गोया खुद-ब-खुद ही गाते थे। इसके अलावा ऐसा मालूम था कि राम स्वरूप ने अपने नौकर को अपनी ज़िन्दगी के तमाम नियम एक पर्चे पर लिख कर दे दिये थे जो उसने याद कर लिये थे।

अगर राम स्वरूप कपड़े उतार कर नेकर पहनने लगे उसका नौकर फ़ौरन तीन चार सोडे बरफ की फ्लास्क शीशे वाली तिपाई पर रख देता था-- इसका मतलब था कि साहब रम् पीकर अपने कुत्तों के साथ खेलेंगे। और जब किसी का टेलीफोन आएगा तो कह दिया जाएगा कि साहब घर पर नहीं है।

रम् की बोतल या सिग्रेट का डब्बा जब ख़ाली होगा तो उसे फेंका या बेचा नहीं जाएगा बल्कि ऐहतियात से उस कमरे में रख दिया जाएगा जहां ख़ाली बोतलों और डब्बों के ढेर लगे हैं।

कोई औरत मिलने के लिए आएगी तो दरवाज़े से ही यह कह कर वापस कर दिया जाएगा कि रात साहब की सूटिंग थी। इसलिये सो रहे हैं। मुलाक़ात करने वाली शाम को--- या रात को आए तो उससे कहा जाता था कि साहब सूटिंग पर गए हैं।

राम स्वरूप का घर तकरीबन वैसा ही था जैसा कि आम तौर पर अकेले रहने वाले एकान्त प्रिय मर्दों का होता है, यानी वह साज-सज्जा और रख रखाव ग़ायब था जो स्त्री स्पर्श की पहचान होती है। सफ़ाई थी मगर उसमें खरापन था-- पहली बार जब मैं उसके फ्लेट में दाखिल हुआ तो मुझे बहुत शिद्दत से महसूस हुआ कि मैं चिड़िया के उस हिस्से में दाख़िल हो गया हूं जो शेर-चीते और दूसरे जानवरों के लिए मखसूस होता है क्योंकि वैसी ही बू आ रही थी।

एक कमरा सोने का था, दूसरा बैठने का, तीसरा ख़ाली बोतलों और डब्बों का। उसमें रम की वह तमाम बोतलें और सिग्रेट के वह तमाम डब्बे मौजूद थे राम स्वरूप ने पीकर ख़ाली किये थे। कोई एहतेमाम नहीं था बोतलों पर डब्बे और डब्बों पर बोतलें ओंधी सीधी पड़ी हैं। एक कोने में क़तार लगी हैं तो दूसरे कोने में अम्बार। गर्द जमी हुई है और बासी तम्बाकू

और बासी रम् की मिलीजुली तेज बू आ रही है।

मैंने जब पहली बार ये कमरा देखा तो हैरान हुआ। अनगिनत बोतलें और डब्बे थे-- सब ख़ाली। मैं ने राम स्वरूप से पूछा "क्यों भई ये क्या सिलसिला है?"

उसने पूछा। "कैसा सिलसिला?"

मैंने कहा " ये-- ये कबाड़ख़ाना?

उसने सिर्फ इतना कहा " जमा हो गया है।"

ये सुनकर मैने बोलते हुए सोचा "इतना"?--- इतना कूड़ा जमा होने में कम से कम सात आठ वर्ष चाहिये।"

मेरा अन्दाज़ा ग़लत निकला मुझे बाद में मालूम हुआ कि उसका ये संग्रह पूरे दस वर्ष का था जब शिवाजी पार्क रहने आया था तो वो तमाम बोतलें और डब्बे उठवाकर अपने साथ ले आया था जो उसके पुराने मकान में जमा हो चुके थे। एक बार मैने उस से कहा "स्वरूप तुम ये बोतलें और डब्बे बेच क्यों नहीं देते? मेरा मतलब है, पहले तो साथ साथ बेचते रहने चाहिए--- पर अब कि इतना ढेर जमा हो चुका है और जंग के कारण दाम भी अच्छे मिल सकते हैं, मैं समझता हूं तुम्हें ये कबाड़खाना उठवा देना चाहिये।

उसने जवाब में सिर्फ इतना कहा, "हटाओ यार---" कौन इतनी कब-कब करें।"

इस जवाब से तो यही ज़ाहिर है कि उसे खाली बोतलों और डब्बों से कोई दिलचस्पी नहीं लेकिन मुझे नौकर से मालूम हुआ कि अगर उस कमरे में कोई बोतल या डब्बा इधर का उधर हो जाए तो स्वरूप क़यामत बरपा कर देता था।

औरत से उसे कोई दिलचस्पी नहीं थी। मेरी उसकी बहुत बेतकल्लुफ़ी हो गई थी। बातों-बातों में, मैं ने कई बार उससे पूछा, "क्यों भाई शादी करोगे?--- मैं ने सोचा वाकई राम स्वरूप शादी करके क्या करेगा? क्या वह अपनी बीवी को खाली बोतलों और डब्बों वाले कमरे में बन्द कर देगा? या कपड़े उतार, नीकर पहन कर रम् पीते उसके साथ खेला करेगा?-- मैं उससे शादी ब्याह का ज़िक्र तो अक्सर करता था मगर कल्पना पर जोर देने के बावजूद उसे किसी औरत से जुड़ा न देख सकता था।

राम स्वरूप से मिलते-मिलते कई वर्ष बीत गए। इस दौरान में कई मर्तबा मैं ने उड़ती-उड़ाती सुनी कि उसे एक ऐक्ट्रेस से जिसका नाम शीला

था, इश्क हो गया है मुझे इस अफ़वाह का बिल्कुल यकीन नहीं आया। पहले तो राम स्वरूप से इसकी उम्मीद ही नहीं थी दूसरे शीला से किसी भी होशमन्द नौजवान को इश्क नहीं हो सकता था। क्योंकि वह इतनी बेजान थी। दमा की मरीज़ मालूम होती थी--- शुरू-शुरू में जब वह एक दो फिल्मों में आई थी तो किसी क़दर पसंद थी मगर बाद में तो वह बिल्कुल ही बेकैफ और बेरंग हो गई थी और सिर्फ तीसरे दर्जे की फिल्मों के लिये मख़सूस होकर रह गई थी।

मैं ने सिर्फ एक बार उस शीला के बारे में राम स्वरूप से पूछा तो उसने मुस्कुराकर कहा-- "मेरे लिये क्या यही रह गई थी?"

इस दौरान उसका सबसे प्यारा कुत्ता अस्टालिन नियोमोनिया में गिरफ़्तार हो गया। राम स्वरूप ने दिन-रात बड़ी जानफशानी से उसका इलाज किया मगर वह बच न सका। उसकी मौत से उसे बहुत सदमा हुआ। कई दिन उसकी आंखें अश्क आलूद रहीं और जब उसने एक रोज़ बाकी कुत्ते किसी दोस्त को दे दिये तो मैं ने ख़्याल किया कि उसके अस्टालिन की मौत के सदमे के कारण ऐसा किया है वर्ना वह उनकी जुदाई कभी बर्दाश्त न करता।

कुछ समय बाद जब उसने बन्दर और बन्दरिया को भी रुख़सत कर दिया तो मुझे किसी क़दर हैरत हुई। लेकिन मैं ने सोचा कि उसका दिल अब और किसी मौत का सदमा बर्दाश्त नहीं करना चाहता। अब वह नीकर पहन कर रम् पीते हुए सिर्फ़ अपनी बिल्ली नर्गिस से खेलता था। वह भी उससे बहुत प्यार करने लगी थी क्योंकि राम स्वरूप का सारा ध्यान अब उसी के लिए मौकूफ़ हो गया था।

अब उसके घर से शेर चीतों की बू नहीं आती थी सफ़ाई में किसी क़दर नज़र आ जाने वाला सलीका और क़रीना भी पैदा हो चला था, उसके चेहरे पर हल्का सा निखार आ गया था अगर ये सब कुछ इस क़दर आहिस्ता-आहिस्ता हुआ था कि उसके और बिन्दु का पता चलाना बहुत मुश्किल था।

दिन गुज़रते गए, राम स्वरूप की नई फिल्म रिलीज़ हुई तो मैने उसकी किर्दारनिगारी में एक नई ताज़गी देखी। मैं ने उसे मुबारकबाद दी तो वह मुस्कुरा दिया "लो व्हिस्की पियो।"

मैंने आश्चर्य से पूछा "व्हिस्की?" इसलिये कि वह सिर्फ रम् पीने का आदी था।

पहली मुस्कुराहट को होंटों में ज़रा सिकोड़ते हुए उसने जवाब दिया। "रम् पी-पी कर तंग आ गया हूं। मैंने उससे और कुछ न पूछा।

आठवें रोज़ जब उसके यहां शाम को गया तो वह कमीस पायजामा पहने रम् नहीं, व्हिस्की पी रहा था। देर तक हम ताश खेलते और व्हिस्की पीते रहे। क्यों कि घोंट भरने के बाद वह कुछ इस तरह मूंह बनाता था जैसे कि अनचखी चीज़ का वास्ता पड़ा है। इसी कारण मैंने उससे कहा "तुम्हारी तबियत क़बूल नहीं कर रही व्हिस्की को?" उसने मुस्कुरा कर जवाब दिया "आहिस्ता-आहिस्ता क़बूल कर लेगी।"

रामस्वरूप का फ्लेट दूसरी मंज़िल पर था, एक रोज़ मैं इधर से गुज़र रहा था कि देखा, नीचे गैराज के पास ख़ाली बोतलों और डब्बों के अम्बार पड़े हैं। सड़क पर दो छकड़े हैं जिनमें तीन चार क़बरिये उनको लाद रहे हैं, मेरी हैरत की कोई इन्तहा न रही क्यों कि ये खज़ाना राम स्वरूप के अलावा और किसका हो सकता था-- आप यक़ीन जानिये उसको जुदा होते देख कर मैं ने अपने दिल में एक अजीब क़िस्म का दर्द महसूस किया दौड़ा ऊपर गया। घंटी बजाई। दरवाज़ा खुला, मैने अन्दर दाखिल होना चाहा तो नौकर ने निमय के विरूद्ध रास्ता रोकते हुए कहा। "साहब रात सूटिंग पर गए थे, इस वक़्त सो रहे हैं।"

मैं हैरत से और गुस्से में बौखला गया-- "कुछ बड़बड़ाया और चल दिया। उसी रोज शाम को राम स्वरूप मेरे यहां आया-- उसके साथ शीला थी, नई बनारसी साड़ी बांधे-- राम स्वरूप ने उसकी तरफ़ इशारा करके मुझ से कहा। "मेरी धर्म-पत्नी से मिलो।"

अगर मैं ने व्हिस्की के चार पैग न पीये होते तो यक़ीनन ये सुन कर बेहोश हो गया होता।

राम स्वरूप और शीला सिर्फ़ थोड़ी देर बैठे और चले गए-- मैं देर तक सोचता रहा कि बनारसी साड़ी में शीला किस के समान थी। दुबले-पतले बदन पर हल्के बादामी रंग की काग़ज़ी साड़ी किसी जगह फूली हुई, किसी जगह दबी हुई-- एक दम मेरी आंखों के सामने एक ख़ाली बोतल आ गई, बारीक काग़ज़ में लिपटी हुई।

शीला औरत थी-- बिल्कुल ख़ाली, लेकिन हो सकता है एक शून्य ने दूसरे शून्य को भर दिया हो।

सहाय

ये मत कहो कि एक लाख हिन्दू और एक लाख मुसलमान मरे हैं-- ये कहो कि दो लाख इंसान मरे हैं-- और इतनी बड़ी ट्रेजडी नहीं कि दो लाख इंसान मरे हैं। ट्रेजडी असल में ये है कि मारने वाले और मरने वाले किसी भी खाते में नहीं गए। एक लाख हिन्दू मार कर मुसलमानों ने यह सोचा होगा कि हिन्दू मज़हब मर गया है। लेकिन वह ज़िन्दा है और ज़िन्दा रहेगा। इसी तरह एक लाख मुसलमान क़त्ल करके हिन्दुओं ने बिगुलें बजाई होंगी कि इस्लाम ख़त्म हो गया है, मगर हक़ीक़त आपके सामने है कि इस्लाम पर हल्की सी ख़राश भी नहीं आई। वे लोग मूर्ख हैं जो समझते हैं कि बन्दूकों से मज़हब शिकार किये जा सकते हैं-- मज़हब, दीन, ईमान, धर्म, यक़ीन, अक़ीदत-- ये जो कुछ भी हमारे जिस्म में वहीं, रूह में होता है। छुरे, चाकू और गोली से ये कैसे फ़ना हो सकता है?"

मुमताज़ उस रोज़ बहुत ही पुरजोश था। हम सिर्फ़ तीन थे जो उस जहाज़ पर छोड़ने के लिए आए थे। वो अनिश्चित काल के लिये हम से जुदा होकर पाकिस्तान जा रहा था। पाकिस्तान, जिसके वजूद के सम्बन्ध में, हम में से किसी को वहमो-गुमान भी न था।

हम तीनों हिन्दू थे। पश्चिमी पंजाब में हमारे रिश्तेदारों को बहुत माली और जानी नुक़सान उठाना पड़ा था। शायद यही वजह थी मुमताज़ हम से जुदा हो रहा था। जुगल का लाहौर से खत मिला कि दंगों में उस का चचा मारा गया है तो उसको बहुत सदमा हुआ, इसी सदमे के असर से बातों-बातों में एक दिन उसने मुमताज़ से कहा " मैं सोच रहा हूं अगर हमारे मुहल्ले में दंगा शुरू हो जाए तो मैं क्या करूंगा।" मुमताज़ ने उस से

पूछा "क्या करोगे?" जुगल ने बड़ी संजीदगी से जवाब दिया "मैं सोच रहा हूं, बहुत मुम्किन है मैं तुम्हें मार डालूं।"

ये सुन कर मुमताज़ बिल्कुल ख़ामोश हो गया और उसकी ख़ामोशी तकरीबन आठ रोज़ तक क़ायम रही और उस वक़्त टूटी जब उसने अचानक हमें बताया कि वह पौने चार बजे समुन्द्री जहाज़ से कराची जा रहा है।

हम तीनों में से किसी ने उसके इस इरादे के सम्बन्ध में बात-चीत न की। जुगल को इस बात का शदीद एहसास था कि मुमताज की खानगी का कारण उसका ये जुमला है "मैं सोच रहा हूं बहुत मुम्किन है, मैं तुम्हें मार डालूं।" शायद वह अब तक यही सोच रहा था कि वह आवेश में आकर मुमताज़ को मार सकता है या नहीं-- मुमताज़ को जो कि उसका जिगरी दोस्त था-- वह हम तीनों में सबसे ज़्यादा ख़ामोश था, लेकिन अजीब बात है कि मुमताज़ ग़ैर मामूली तौर पर तो बातूनी हो गया था। ख़ास तौर पर खानगी से चन्द घंटे पहले।

सुबह उठते ही उसने पीना शुरू करदी। सामान आदि कुछ इस अन्दाज़ से बंधाबाया जैसे वह कहीं सैरो-तफ़रीह के लिये जा रहा है-- खुद ही बात करता था और खुद ही सुनता था। कोई और देखता तो समझता कि वह बम्बई छोड़ने में ना क़ाबिल-ए-बयान खुशियां महसूस कर रहा है। लेकिन हम तीनों अच्छी तरह जानते थे कि वह सिर्फ़ अपने जज़्बात छुपाने के लिये हमें और अपने आपको धोका देने की कोशिश कर रहा है।

मैं ने बहुत चाहा कि उससे एक दम खानगी के सम्बन्ध बात करूं, संकेत में मैने जुगल से भी कहा कि वह बात छेड़े मगर मुमताज़ ने हमें कोई मौका ही न दिया।

जुगल तीन-चार पैग पीकर और भी ख़ामोश हो गया और दूसरे कमरे में लेट गया। मैं और ब्रजमोहन उसके साथ रहे। उसे कई बिल अदा करने थे, डाक्टरों की फीस देनी थी, लाण्ड्री से कपड़े लाने थे-- ये सब काम उसने हंसते-खेलते किये। लेकिन जब उसने नाके के बाजू वाली दुकान से एक पान लिया तो उसकी आंखों में आंसू आ गए। ब्रजमोहन के कंधे पर हाथ रख कर वहां से चलते हुए उसने धीरे से कहा "याद है ब्रज-- आज से दस बरस पहले जब हमारा हाल बहुत पतला था, गोविन्द ने हमें एक रूपया उधार दिया था।

रास्ते में मुमताज़ ख़ामोश रहा, मगर घर पहुंचते ही उसने फिर बातों का लम्बा सिलसिला शुरू कर दिया, ऐसी बातों का जिनका सर था न पैर

लेकिन वह कुछ ऐसी पुरखुलूस थीं कि मैं और ब्रजमोहन बराबर उन में हिस्सा लेते रहे। जब खानगी का वक़्त क़रीब आया तो जुगल भी शामिल हो गया लेकिन जब टेक्सी बन्दरगाह की तरफ़ चली तो सब ख़ामोश हो गए।

मुमताज़ की नज़रें बम्बई के विराट और फैले हुए बाज़ारों को अलविदा कहती रहीं? यहां तक कि टेक्सी अपनी मंज़िल तक पहुंच गई। बेहद भीड़ थी। हज़ाहरों रिफ़्यूजी जा रहे थे-- खुशहाल बहुत कम और बदहाल बहुत ज़्यादा-- बेपनाह हुजूम था लेकिन मुझे ऐसा मालूम होता था कि अकेला मुमताज़ जा रहा है। हमें छोड़ कर ऐसी जगह जा रहा है जो उसकी देखी भाली थी जो उसके मानूस बनाने पर भी अजनबी रहेगी। लेकिन ये अपना ख़्याल था, मैं नहीं कह सकता कि मुमताज़ क्या सोच रहा था।

जब केबिन में सारा सामान चला गया तो मुमताज़ हमें अर्शे पर ले गया। उधर जहां आसमान और समंदर आपस में मिल रहे थे, मुमताज़ देर तक देखता रहा, फिर उसने जुगल का हाथ अपने हाथ में लेकर कहा, ये महज फरेब-ए-नज़र है-- आसमान और समंदर आपस में मिलना-- लेकिन ये फरेबे नज़र किस क़दर दिलकश है-- ये मिलाप।

जुगल ख़ामोश रहा शायद उस समय भी उसके दिलो-दिमाग़ में उसकी ये कही बात चुटकियां ले रही थी। मैं "सोच रहा हूं, बहुत मुमकिन है कि मैं तुम्हें मार डालूं।"

मुमताज़ ने जहाज़ को बार से ब्राण्डी मंगवाई क्योंकि वह सुबह से यहीं पी रहा था। हम चारों ग्लास हाथ में लिये जंगले के साथ खड़े थे। रिफ्यूजी धड़ाधड़ जहाज़ में सवार हो रहे थे और करीब-करीब शांत समुन्द्र पर आबी परिन्दे मंडला रहे थे।

जुगल ने अचानक एक ही घोंट में अपना ग्लास ख़त्म किया और बहुत ही भोण्डे अन्दाज़ में मुमताज़ से कहा, " मुझे मुआफ कर देना मुमताज़-- मेरा ख़्याल है, मैं ने उस रोज़ तुम्हें दुख पहुंचाया। मुमताज़ ने थोड़ी देर के बाद जुगल से सवाल किया, जब तुमने कहा था, मैं सोच रहा हूं बहुत संभव है मैं तुम्हें मार डालूं-- क्या उस वक़्त वाक़ई तुमने यही सोचा था-- नेक दिली से इसी नतीजे पर पहुंचे थे"

जुगल ने हां में सर हिलाया-- "लेकिन मुझे अफसोस है।"

"तुम मुझे मार डालते तो तुम्हें ज़्यादा अफसोस होता।"

मुमताज़ ने बड़े फ़लसफ़ियाना अन्दाज़ में कहा लेकिन सिर्फ़ इस सूरत में अगर तुमने ग़ौर किया होता कि तुमने मुमताज की-- एक मुसलमान को एक

दोस्त को नहीं बल्कि एक इनसान को मारा है-- वह अगर हरामज़ादा था तो तुमने उसकी हरामज़दगी को नहीं बल्कि खुद उसको मार डाला है-- वह अगर मुसलमान था तो तुमने उसकी मुसलमानी को नहीं, उसकी हस्ती को ख़त्म किया है-- अगर उसकी लाश मुसलमानों के हाथ आती तो क़ब्रिस्तान में एक क़ब्र का इज़ाफ़ा हो जाता लेकिन दुनिया में एक इंसान कम हो जाता. ..।

थोड़ी देर खामोश रहने और कुछ सोचने के बाद उसने फिर बोलना शुरू किया " हो सकता है मेरे हम मज़हब मुझे शहीद कहते लेकिन खुदा की क़सम अगर मुम्किन होता तो मैं क़ब्र फाड़ कर चिल्लाना शुरू कर देता। मुझे शहादत का ये रुतबा क़बूल नहीं-- मुझे ये डिग्री नहीं चाहिये जिसका इम्तेहान मैं ने दिया ही नहीं--- लाहौर में तुम्हारे चचा को एक मुसलमान मार डाला-- तुमने ये ख़बर बम्बई में सुनी और मुझे क़त्ल कर दिया-- बताओ तुम और मैं किस तमग़े के मुस्तहक़ हैं? और लाहौर में तुम्हारा चचा और उसका क़ातिल किस ख़लअत का हक़दार है।

"मैं तो ये कहूंगा, मरने वाले कुत्ते की मौत मरे और मारने वालों ने बिल्कुल बेकार अपने हाथ खून से रंगे--"

बातें करते करते मुमताज़ बहुत जज़्बाती हो गया। लेकिन इस ज़्यादती में खुलूस बराबर का था। मेरे दिल पर खुसूसन इस बात का बहुत असर हुआ कि मज़हब, दीन, ईमान, यक़ीन, धर्म, अक़ीदत-- ये जो कुछ भी है हमारे जिस्म के बजाए रूह में होता है जो छुरे-चाकू और गोली से फ़ना नहीं किया जा सकता, चुनांचि, मैं ने उससे कहा, "तुम बिल्कुल ठीक कहते हो।"

ये ख़बर सुनकर मुमताज़ ने अपने ख़्यालात का जाएज़ा लिया और क़दरे बेचैनी से कहा, नहीं बिल्कुल ठीक नहीं-- मेरा मतलब कि ये सब ठीक तो है, लेकिन शायद मैं जो कुछ कहना चाहता हूं, अच्छी तरह अदा नहीं कर सका-- मज़हब से मेरी मुराद ये मज़हब नहीं, ये धार्म नहीं जिसमें हम में से निन्नानवे दंगाई ग्रस्त हैं। मेरी मुराद उस ख़ास चीज़ से है जो एक इंसान को दूसरे इंसानों के मुक़ाबले में जुदागाना हैसियत बख़्शती है-- वह जीच जो इंसान को, हक़ीक़त इंसान साबित करती है। लेकिन ये चीज़ क्या है? अफ़सोस है कि मैं उसे हथेली पर रखकर दिखा नहीं सकता, ये कहते एक दम उसकी आंखों में चमक पैदा हुई और उसने जैसे खुद से पूछना शुरू किया "लेकिन इस में वह कौन सी ख़ास बात थी? कट्टर हिन्दु था।

पेशा निहायत ही ज़लील लेकिन इसके बावजूद उसकी रूह किस क़दर रौशन थी?''

मैं ने पूछा किसकी?

''एक भड़वे की''

हम तीनों चौंक पड़े। मुमताज़ के लहजे में कोई तकल्लुफ नहीं था, इसलिये मैं ने संजीदगी से पूछा ''एक भड़वे की?''

मुमताज़ ने हां में सर हिला दिया। ''मुझे हैरत है कि वह कैसा इंसान था और ज़्यादा हैरत इस बात की कि वह उर्फ-ए-आम में एक भड़वा था। औरतों का दल्लाल-- लेकिन उसका ज़मीर बहुत साफ था।''

मुमताज़ थोड़ी देर के लिये रुक गया जैसे वह पुराने वाक़ियात अपने दिमाग़ में ताज़ा कर रहा है-- कुछ क्षणों के बाद उसने फिर बोलना शुरू किया-- ''उसका पूरा नाम मुझे याद नहीं कुछ सहाय थे-- बनारस का रहने वाला बहुत ही सफाई पसन्द। वह जगह जहां वह रहता था गो बहुत ही छोटी थी। मगर उसने बड़े सलीक़े से उसे मुख़्तलिफ़ ख़ानों में तक़सीम कर रखा था। पर्दे का उचित इन्तेज़ाम था, चारपाइयां और गाव तकिये मौजूद थे, चादरें और ग़िलाफ़ वगैरह हमेशा उजले रहते थे। नौकर मौजूद था मगर सफाई वह ख़ुद अपने हाथ से करता था, धोखा और फरेब नहीं करता था। रात ज़्यादा गुज़र गई है और आसपास से पानी मिली शराब मिलती है तो वह साफ कह देता था कि साहब अपने पैसे बर्बाद न कीजिये-- अगर किसी लड़की के सम्बन्ध में उसे शक है तो वह छुपाया नहीं करता था। और तो और उसने मुझे ये बता दिया था कि वह तीन बरस के अर्से में बीस हज़ार रूपये कमा चुका है। दस-दस में ढाई कमीशन के ले लेकर उसे सिर्फ़ दस हज़ार और बनाने थे-- मालूम नहीं सिर्फ़ दस हज़ार और ज़्यादा क्यों नहीं-- उसने मुझ से कहा था कि तीस हज़ार रूपये पूरे करके वह वापस बनारस चला जाएगा। और बज्जाजी की दुकान खेलेगा। मैं यह भी नहीं कह सकता कि वह सिर्फ बज्जाजी की ही दुकान खोलने का आरज़ू मन्द क्यों था।

मैं यहां तक सुन चुका तो मेरे मुंह से निकला, अजीबो-ग़रीब आदमी था।''

मुमताज़ ने अपनी गुफ़्तगू जारी रखी ''मेरा ख़्याल था कि वह सर-ता-पा बनावट है। एक बहुत बड़ा फरॉड है। कौन यक़ीन कर सकता है कि वह उन्हें तमाम लड़कियों को जो उसके धंधे में शरीक थीं, अपनी

बेटियां समझता था। ये भी उस वक़्त मेरी समझ से दूर था कि उसने हर लड़की के नाम पर पोस्ट ऑफिस में अकाउंट्स खोल रखा था और हर महीने कुल आमदनी वहां जमा कराता था। और ये बात तो बिल्कुल यक़ीन करने लायक़ नहीं थी कि वह दस-बारह लड़कियों के खाने-पीने का ख़र्च अपनी जेब से अदा करता है-- उसकी हर बात मुझे ज़रूरत से ज़्यादा बनावटी मालूम होती थी। एक दिन मैं उसके यहां गया तो उसने मुझ से कहा अमीना और सकीना दोनों छुट्टी पर हैं। मैं हर हफ़्ते उन दोनों का छुट्टी दे देता हूं ताकि बाहर जाकर किसी होटल में मांस वग़ैरह खा सकें। यहां तो आप जानते हैं, सब वैष्णो हैं'' मैं यह सुन कर दिल ही दिल में मुस्कुराया कि मुझे बना रहा है-- एक दिन उसने मुझे बताया कि अहमदाबाद की उस हिन्दू लड़की ने जिसकी शादी उसने एक मुसलमान ग्राहक से कर दी थी, लाहौर से खत लिखा है कि दाता साहब के दरबार में उसने एक मन्नत मानी थी जो पूरी हुई। अब उसने सहाय के लिये मन्नत मानी है कि जल्दी-जल्दी उसके तीस हज़ार रूपये पूरे हों और वह बनारस जाकर बज्जाजी की दुकान खोल सके, ये सुनकर मैं हंस पड़ा। मैं ने सोचा, चूंकि मैं मुसलमान हूं इसलिये मुझ खुश करने की कोशिश कर रहा है।

मैं ने मुमताज़ से पूछा "तुम्हारा ख़्याल ग़लत था?" "बिल्कुल-- उसके क़ौल-फेल में कोई भेद नहीं था-- हो सकता है उसमें कोई ख़ामी हो, बहुत मुम्किन है उससे अपनी ज़िन्दगी में कई ग़लतियां हुई हों-- मगर एक बहुत ही अच्छा इंसान था।"

जुगल ने सवाल किया। "ये तुम्हें कैसे मालूम?" उसकी मौत पर" ये कहकर मुमताज़ कुछ देर के लिए ख़ामोश हो गया। थोड़ी देर के बाद उसने उधर देखना शुरू किया जहां आसमान और समुन्द्र एक धुंधली सी आग़ोश में सिमटे हुए थे। "दंगे शुरू हो चुके थे-- मैं तड़के उठकर भिण्डी बाज़ार से गुज़र रहा था-- कर्फ़्यू के कारण बाज़ार में आना जाना बहुत ही कम था। ट्रेन भी नहीं चल रही थी। टेक्सी की तलाश में चलते-चलते जब मैं जे जे अस्पताल के पास पहुंचा तो फुटपाथ पर एक आदमी को मैं ने बड़े से टोकरे के पास गठरी से बने हुए देखा। मैं ने सोचा कि कोई पानी वाला सो रहा है- लेकिन जब मैं ने पत्थर के टुकड़ों पर खून के लोथड़े देखे तो रुक गया-- वारदात क़त्ल की थी, मैं ने सोचा अपना रास्ता लूं। मगर लाश में हरकत पैदा हुई-- मैं फिर रूक गया। आस पास कोई न था। मैं ने झुक कर उसकी तरफ देखा। मुझे सहाय का जाना पहचाना चेहरा नज़र आया मगर

ख़ून के धब्बों से भरा हुआ। मैं उसके पास फुटपाथ पर बैठ गया और ग़ौर से देखा-- उसकी टोल की सफ़ेद कमीस जो हमेशा बेदाग हुआ करती थी, लहू से लथड़ी हुई थी। ज़ख़्म शायद पसलियों के पास था, उसने होले-होले कराहना शुरू किया तो मैं ने सावधानी से उसका कन्धा पकड़ कर हिलाया जैसे किसी सोते को जगाया जाता है। एक दो बार मैं ने उसको ना मुकम्मल नाम से भी पुकारा-- मैं उठ कर जाने ही वाला था कि उसने अपनी आंखें खोलीं-- देर तक वह उन अद्ध खुली आंखों से टिकटिकी बांधे मुझे देखता रहा। फिर एक दम उसके सारे बदन में ऐंठन जैसी कैफियत पैदा हुई और उसने मुझे पहचान कर कहा "आप--? आप?"

मैं ने उससे तले ऊपर बहुत सी बातें पूछना शुरू कर दीं। वह कैसे इधर आया। किसने उसको ज़ख़्मी किया। कब से वह फुटपाथ पर पड़ा है-- सामने अस्पताल है, क्या मैं वहां ख़बर करूं?

उसमें बोलने की ताक़त नहीं थी। जब मैंने सारे सवाल कर डाले कराहते हुए उसने बड़ी मुश्किल से ये शब्द कहे- "मेरे दिन पूरे हो चुके हैं-- भगवान को यही मंज़ूर था"

भगवान को जाने क्या मंज़ूर था लेकिन मुझे ये मंज़ूर नहीं था कि मुसलमान होकर मुसलमानों के इलाक़े में एक आदमी को जिसके सम्बन्ध में,मैं जानता था कि हिन्दू है, इस एहसास के साथ मरते देखूं कि उसको मारने वाला मुसलमान था और आख़िरी वक़्त में उसकी मौत के सरहाने जो आदमी खड़ा था, वह भी मुसलमान था। मैं डरपोक तो नहीं लेकिन उस वक़्त मेरी हालत डरपोकों से बदतर थी। एक तरफ़ ये ख़ौफ़ दामनगीर था, मुम्किन है मैं ही पकड़ा जाऊं, दूसरी तरफ़ ये डर था पकड़ा न गया तो पूछगुछ के लिए घर लिये जाऊंगा। एक बार ये ख़्याल आया, अगर मैं इसे अस्पताल ले गया तो क्या पता है अपना बदला लेने के लिये मुझे फंसा दे, सोचे, मरना तो है ही, क्यों न इसे साथ लेकर मरूं-- इस क़िस्म की बातें सोच कर मैं चलने ही वाला था-- बल्कि यूं कहिये कि भागने ही वाला था कि सहाय ने मुझे पुकारा-- मैं ठहर गया-- न ठहरने के इरादे के बावजूद मेरे क़दम रूक गए। मैं ने उसकी तरफ़ इस अन्दाज़ से देखा गोया उससे कह रहा हूं जल्दी करो मियां मुझे जाना है-- उसने दर्द की तकलीफ़ से दोहरा होते हुए बड़ी मुश्किलों से अपनी कमीस के बटन खोले और अन्दर हाथ डाला, मगर कुछ और करने की उसमें हिम्मत न रही तो मुझ से कहा-- "नीचे बण्डी है-- इधर की जेब में कुछ ज़ेवर और बारह सौ

रूपिये हैं-- ये-- सुल्ताना का माल है। मैं ने... मैंने एक दोस्त के पास रखा हुआ था... आज उसे... आज उसे भेजने वाला था क्योंकि आप जानते खतरा बहुत बढ़ गया है... आप उसे दे दीजियेगा और... कहियेगा फौरन चली जाए. .. लेकिन... अपना ख़्याल रखियेगा।''

मुमताज़ खामोश हो गया, लेकिन मुझे ऐसा महसूस हुआ कि उसकी आवाज़ सहाय की आवाज़ में जो जे अस्पताल के सामने फुटपाथ पर उभरी थी, दूर उधर जहां आसमान और समुन्द्र एक धुंधली सी आग़ोश में समाए थे, हल हो रही है। जहाज़ ने व्हिसिल दिया तो मुमताज़ ने कहा। '' मैं सुल्ताना से मिला-- उसको ज़ेवर और रूपया दिया तो उसकी आंखों में आंसू आ गए।''

जब हम मुमताज़ से रूख़्सत हो कर नीचे उतरे तो वह अर्से पर जंगले के साथ खड़ा था-- उसका दाहिना हाथ हिल रहा था-- मैं जुगल से मुख़ातिब हुआ ''क्या तुम्हें ऐसा मालूम नहीं होता कि मुमताज, सहाय की आत्मा को बुला रहा है-- हमसफ़र बनाने के लिए?''

जुगल ने सिर्फ़ इतना कहा, .. काश, मैं सहाय की आत्मा होता।''

टूटू

मैं सोच रहा था।

दुनिया की सबसे पहली औरत जब मां बनी तो कायनात का रद्दे अमल किया था?

दुनिया के सबसे पहले मर्द क्या आसमानों की तरफ़ तमतमाई आंखों से देख कर दुनियां की सबसे पहली जुबान में बड़े फख़्र के साथ ये नहीं कहा था-- " मैं भी ख़ालिक़ हूं।"

टेलिफोन की घंटी बजना शुरू हुई। मेरे आवारा ख़्यालात का सिलसिला टूट गया। बालकनी से उठ कर मैं अन्दर कमरे में आया। टेलिफोन बड़ी मुफ़ीद चीज़ है, मगर मुझे इस से नफ़रत है। इसलिए कि ये वक़्त वे-वक़्त बजने लगता है-- चुनांचि बहुत ही बद दिली से मैंने रिसीवर उठाया और नम्बर बताया फोर, फोर, फाइव, सेवन। दूसरे सिरे से हेलो हेलो शुरू हुई। मैं झुंझला गया कौन है? जवाब मिला। "आया"

मैं ने आयाओं के तर्जे गुफ़्तगू में पूछा- "किसकी मामता है?"

"मेम साहब हैं"

"हैं-- ठहरो"

टेलिफोन का रिसीवर एक तरफ़ रखकर मैं ने अपनी बीवी को जो ग़ालिबन अन्दर सो रही थी, आवाज़ दी। "मेम साहब-- मेम साहब।"

आवाज़ सुनकर मेरी बीवी उठी और जम्हाइयां लेती हुई आई। "ये क्या मज़ाक़ है-- मेम साहब, मेम साहब। मैं ने मुस्कुरा कर कहा " मेम साहब ठीक है-- याद है, तुमने अपनी पहली आया से कहा था कि मुझे मेम साहब के बदले बेगम साहिबा कहा करो तो उसने बेगम साहिबा को बैंगन साहिबा

बना दिया था।''

एक मुस्कुराती हुई जम्हाई लेकर मेरी बीवी ने पूछा-- ''कौन है।''

''दरयाफ़्त करलो।''

मेरी बीवी ने टेलिफोन उठाया और हेलो हेलो शुरू कर दिया-- मैं बाहर बाल्कनी में चला गया-- औरतें टेलिफोन के मुआमले में बहुत लम्बी होती हैं। चुनांचि पन्द्रह बीस मिनट तक हेलो हेलो होता रहा।

मैं सोच रहा था-- टेलिफोन पर हर दो-तीन अल्फ़ाज़ के बाद हेलो क्यों कहा जाता है? क्या इस हेलो-हेलो के पीछे ऐहसास्-ए-कमतरी तो नहीं। बार बार हेलो सिर्फ़ उसे करनी चाहिये जिसे इस बात का अन्देशा हो कि उसकी बेमानी बातों से तंग आकर सुनने वाला टेलिफ़ोन छोड़ देगा। या हो सकता है ये महज़ आदत है। दफअतन मेरी बीवी घबराई हुई आई। ''सआदत साहब इस दफ़ा मामला बहुत ही सीरियस मालूम होता है।''

''कौन सा मामला?''

मामलों की नोइयत बताए बिना मेरी बीवी ने कहना शुरू कर दिया। ''बात बढ़ते-बढ़ते तलाक़ तक पहुंच गई है। पागलपन की भी कोई हद होती है-- मैं शर्त लगाने को तैयार हूं कि बात कुछ भी नहीं होगी। बस फुसरी का भगन्दर बना होगा। दोनों सरफिरे हैं।''

''अजी हज़रत कौन?''

''मैं ने नहीं बताया आपको?-- ओह। टेलिफोन, ताहिरा का था।''

''ताहिरा-- कौन ताहिरा?''

''ओह'' मैं सारा मामला समझ गया ''कोई नया झगड़ा हुआ है?''

''नया और बहुत बड़ा-- जाइये यज़दानी आपसे बात करना चाहते हैं।''

''मुझ से क्या बात करना चाहते हैं?''

ताहिरा से टेलिफोन छीन कर मुझ से फ़क़त ये कहा, ''भाभी जान ज़रा मन्टो साहब को बुलाइये।''

''ख्वाह मख्वाह मेरा मग़ज़ चाटेगा।'' ये कहकर मैं उठा और टेलिफोन पर यजदानी से मुखतिब हुआ।

उसने सिर्फ़ इतना कहा। '' मामला बेहद नाजुक हो गया है-- तुम और भाभी जान टेक्सी में फौरन यहां आ जाओ।''

मैं और मेरी बीवी जल्दी-जल्दी कपड़े तब्दील करके यज़दानी की तरफ़ रवाना हो गए-- रास्ते में हम दोनों ने यज़दानी और ताहिरा के के बारे में

बेशुमार बातें कीं।

ताहिरा एक मशहूर इश्क पेशा संगीतकार की खूबसूरत लड़की थी। अता यज़दानी एक पठान आदमी का लड़का था। पहले शायरी शुरू की, फिर ड्रामा निगारी, उसके बाद आहिस्ता-आहिस्ता फिल्मी कहानियां लिखने लगा।-- ताहिरा का बाप अपने आठवें इश्क में मशगूल था और अता यजदानी अल्लामा मशरक़ी की खाकसान तहरीक के लिये "बेल्चा" नामी ड्रामा लिखने में-- एक शाम प्रेड करते अता यज़दानी की आंखें ताहिरा की आंखों से चार हुईं। सारी रात जाग कर उसने एक ख़त लिखा और ताहिरा तक पहुंचा दिया-- चन्द माह तक दोनों के दर्मियान ख़त का सिलसिला जारी रहा और आख़िरकार दोनों की शादी बग़ैर किसी होल हुज्जत हो गई। अता यज़दानी को इस बात का अफ़सोस था कि उनका इश्क ड्रामे से महरूम रहा।

ताहिरा भी ड्रामा पसंन थी। इश्क और शादी से पहले सहेलियों के साथ बाहर शॉपिंग को जाती थी तो उनके लिए मुसीबत बन जाती-- गंजे आदमी को देखते ही उसके हाथ में खुजली शुरू हो जाती। " मैं उसके सर पर एक धौल ज़रूर जमाऊंगी, चाहे तुम कुछ हो करो।"

ज़हीन थी-- एक बार उसके पास कोई पेटीकोट नहीं था। उसने कमर के गिर्द इज़ारबन्द बांधा उसमें साड़ी अड़स कर सहेलियों के साथ चल दी। क्या ताहिरा वाक़ई यजदानी के इश्क़ में मुबतेला हुई थी? इस के बारे में यक़ीन के साथ कुछ कहा नहीं जा सकता। यज़दानी का पहला इश्क़िया ख़त मिलने पर उसका रद्दे अमल ग़ालिबन ये था कि खेल दिलचस्प है, क्या हर्ज है, खेल लिया जाए। शादी पर भी उसका रद्दे अमल कुछ इसी तरह का था। ये तो मज़बूत किरदार की लड़की थी, यानी जहां तक बा-इस्मत होने का सम्बन्ध है, मै समझता हूं एक खेल ही था। लेकिन जब हम वहां पहुंचे और हालात देखे तो मालूम हुआ कि खेल बड़ी ख़तरनाक रूप ले चुका है। हमारे दाखिल होते ही वह शोर बरपा हुआ कि कुछ समझ में न आया। ताहिरा और यजदानी दोनों ऊंचे-ऊंचे सुरों में बोलने लगे। गिले, शिकवे, ताने, मोहने,-- पुराने मुर्दों पर नई लाशें नई लाशों पर पुराने मुर्दे-- जब दोनों थक गए तो आहिस्ता-आहिस्ता लड़ाई की नोक पलक निकलने लगी।

ताहिरा को शिकायत थी कि अता को एक वाहियात एकट्रेस को टेक्सियों में लिये फिरता है। यज़दानी का बयान था कि ये सरासर बोहतान है। ताहिरा कुरआन उठाने के लिय तैयार थी कि अता का ऐक्ट्रेस से नाजायज़

संबंध है। जब वह साफ़ इनकारी हुआ तो ताहिरा ने बड़ी तेज़ी के साथ कहा "कितने पारसा बनते हो-- ये आया जो खड़ी है, क्या तुमने इसे चूमने की कोशिश नहीं की थी... वह तो मैं ऊपर से आ गई..."

यज़दानी गरजा, "बकबास बन्द करो।"

उसके बाद फिर वही शोर बरपा हो गया। मैंने समझाया मेरी बीवी ने समझाया मगर कोई असर न हुआ। अता को तो मैं ने डांटा भी "ज़्यादती सरासर तुम्हारी है-- मुआफी मांगो और ये क़िस्सा ख़त्म करो।"

अता ने बड़ी सनजीदगी के साथ मेरी तरफ देखा, सआदत, ये क़िस्सा यूं ख़त्म नहीं होगा-- मेरे बारे में ये औरत बहुत कुछ कह चुकी है, लेकिन मैं ने इसके बारे में एक शब्द भी मुंह से नहीं निकाला। इनायत को जानते हो तुम?"

"इनयात?"

"प्लेबैक सिंगर-- इसके बाप का शागिर्द।"

"हां, हां"

"अव्वल दर्जे का छटा हुआ बदमाश है-- मगर ये औरत हर रोज़ उसे यहां बुलाती है-- बहाना ये है कि..."

ताहिरा ने उसकी बात काट दी, "बहाना वहाना कुछ नहीं-- बोलो तुम क्या कहना चाहते हो?" अता ने इन्तहाई नफ़रत के साथ कहा। "कुछ नहीं। ताहिरा ने अपने माथे पर बालों की झालर एक तरफ़ हटाई। "इनायत मेरा चाहने वाला है-- बस अता ने गाली दी-- इनायत को मोटी और ताहिरा को छोटी-- फिर शोर बरपा हो गया। एकबार फिर वही कुछ दोहराया गया जो पहले कई बार कहा जा चुका था। मैं ने और मेरी बीवी ने बहुत बीच बचाओ किया नतीजा वही सिफ़र। मुझे ऐसा महसूस होता था जैसे अता और ताहिरा दोनों अपने झगड़े से मुतमईन नहीं। लड़ाई के शोले एक दम भड़कते थे और कोई भी नतीजा पैदा किये बग़ैर ठण्डे पड़ जाते थे। फिर भड़काए जाते थे लेकिन होता कुछ नहीं था?

मैं बहुत देर तक सोचता रहा कि अता और ताहिरा चाहते क्या हैं मगर किसी नतीजे पर न पहुंच सका। मुझे बड़ी उलझन हो रही थी। दो घंटे से बक-बक और झक-झक जारी थी लेकिन अंजाम खुदा मालूम कहां भटक रहा था। तंग आकर मैं ने कहा "भई अगर तुम दोनों की आपस में नहीं निभ सकती तो बेहतर यही है कि अलग हो जाओ।"

ताहिरा खामोश रही, लेकिन अता ने चन्द लम्हात ग़ौर करने के बाद कहा

"एलाहेदगी नहीं-- तलाक़।" ताहिरा चिल्लाई "तलाक़, तलाक़, तलाक़-- देते क्यों नहीं तलाक़-- मैं कब से तुम्हारे पांव पड़ी हूं कि तलाक़ न दो।"

अता ने बड़े मज़बूत लहजे में कहा-- "दे दूंगा और बहुत जल्द।"

ताहिरा ने अपने माथे पर से बालों की झालर एक तरफ़ हटाई। "आज ही दो।"

अता उठकर टेलिफोन की तरफ़ बढ़ा। "मैं काज़ी से बात करता हूं।"

जब मैं ने देखा कि मामला बिगड़ रहा है तो उठ कर अता को रोका, "बेवकूफ न बनो-- बैठो आराम से।" ताहिरा ने कहा, "नहीं भाई जान आप मत रोकिये।" ये बकवास सिर्फ़ तलाक़ ही से बन्द होगी।" ये कह कर ताहिरा टांग हिलाने लगी।

"सुन लिया तुमने।"

"अता मुझसे मुख़ातिब होकर फिर टेलिफोन की तरफ़ बढ़ा लेकिन मैं बीच में खड़ा हो गया। ताहिरा मेरी बीवी से मुख़तिब हुई, "मुझे तलाक़ देकर उस चड्डू ऐक्ट्रेस से ब्याह रचाएगा।"

अता ने ताहिरा से पूछा "और तू?"

ताहिरा ने माथे पर बालों के पसीने में भीगी हुई झालर हाथ से ऊपर की। मैं-- तुम्हारे उस यूसुफ-ए-सानी इनायत ख़ान से।"

"बस अब पानी सर से गुज़र चुका है-- हद हो गई है- तुम हट जाओ एक तरफ़।" अता ने डायरेक्ट्री उठाई और नम्बर देखने लगा। जब टेलिफोन करने लगा तो मैं ने उसे रोकना मुनासिब न समझा। उसने एक दो मर्तबा डायल किया। लेकिन नम्बर न मिला। मुझे मौका मिला तो मैं ने उसे तेज़ शब्द में कहा कि अपने इरादे से बाज रहे। मेरी बीवी ने भी उससे दरख्वास्त की मगर वह न माना इस पर ताहिरा ने कहा। "सूफ़िया" तुम कुछ न कहो। इस आदमी के पहलू में दिल नहीं पत्थर है-- मैं तुम्हें वह खत दिखाऊंगी जो शादी से पहले उसने मुझे लिखे थे। उस वक्त मैं इसके दिल का क़रार इसके आंखों का नूर थी। मेरी जुबान से निकला हुआ सिर्फ़ एक शब्द इसके तन मुर्दा में जान डालने के लिये काफ़ी था। मेरे चेहरे की सिर्फ़ एक झलक देखकर ही बखुशी मरने के लिये तैयार था-- लेकिन आज इसे मेरी ज़र्रा बराबर परवाह नहीं।"

अता ने एक बार फिर नम्बर मिलाने की कोशिश की। ताहिरा बोलती रही। "मेरे बाप की मूसीक़ी से भी इसे इश्क था-- उसको फ़ौख़्र था कि इतना बड़ा आर्टिस्ट मुझे अपनी दामादी में क़बूल कर रहा है। शादी की मंज़ूरी हासिल

करने के लिय इसने उनके पांव तक दाबे, पर आज इसे उनका कोई ख़्याल नहीं।''

अता डायल घुमाता रहा।

ताहिरा मुझ से मुखातिब हुई ''आपको ये भाई कहता है, आपकी इज़्ज़त करता है-- कहता था कि जो कुछ भाई जान कहेंगे, मानूंगा-- लेकिन आप देख ही रहे हैं-- टेलिफोन कर रहा काज़ी को। मुझे तलाक़ देने के लिये। मैं ने टेलिफोन एक तरफ हटा दिया।

''अता अब छोड़ो भी।''

''नहीं '' ये कहकर उसने टेलिफोन अपनी तरफ़ घसीट लिया। ताहिरा बोली ''जाने दीजिये भाई जान-- इसके दिल में मेरा क्या, टू टू का भी कुछ ख़्याल नहीं।''

अता तेज़ी से पलटा ''नाम न लो टू टू कहो।''

ताहिरा ने नथुने फुला कर कहा, ''क्यों नाम न लूं उसका।'' अता ने रीसिवर रख दिया। '' वह मेरा है।''

ताहिरा उठ खड़ी हुई। ''जब मैं तुम्हारी नहीं हूं तो वह कैसे तुम्हारा हो सकता है-- तुम तो उसका नाम भी नहीं ले सकते।''

अता ने कुछ देर सोचा। ''मैं सब बन्दोबस्त कर लूंगा।''

ताहिरा के चेहरे पर एक दम ज़र्दी छा गई। टू टू को छीन लोगे मुझ से।''

अता ने बड़े मजबूत लहजे में जवाब दिया। ''हां''

''ज़ालिम''

ताहिरा के मुंह से एक चीख़ निकली। बेहोश होकर गिरने ही वाली थी कि मेरी बीवी ने उसे थाम लिया-- अता परेशान हो गया, पानी के छींटे, यूडीफ्लोन, स्मालिंग साल्ट, डाक्टरों को टेलिफोन--अपने बाल नोच डाले, कमीस फाड़ डाली-- ताहिरा होश में आई तो वह उसका हाथ अपने हाथ में लेकर थपकने लगा, ''जानम टू टू तुम्हारा है-- टू टू तुम्हारा है।''

ताहिरा ने रोना शुरू कर दिया। '' नहीं वह तुम्हारा है।''

अता ने ताहिरा को आंसूओं भरी आंखों को चूमना शुरू कर दिया, ''मैं तुम्हारा हूं-- तुम मेरी हो-- टू टू तुम्हारा भी है और मेरा भी है।''

मैं ने अपनी बीवी को इशारा किया। वह बाहर निकली तो मैं भी थोड़ी देर के बाद चल दिया-- टेक्सी खड़ी थी, हम दोनों बैठ गए, मेरी बीवी मुस्कुरा रही थी। मैं ने उससे पूछा ''ये टू टू कौन है?'' मेरी बीवी खिलखिला

कर हंस पड़ी। ''उनका लड़का।''

मैंने हैरत से पूछा ''लड़का?''

मेरी बीवी ने हां में सर हिला दिया।

मैं ने और ज़्यादा हैरत से पूछा ''कब पैदा हुआ था-- मेरा मतलब।

''अभी पैदा नहीं हुआ। चौथे महीने में है।'' चौथे महीने में, यानी इस वाकि़ये के चार महीने के बाद, मैं बाहर बाल्कनी में बिल्कुल बैठा था कि टेलिफोन की घंटी बजना शुरू हुई। बड़ी बेदिली से उठने वाला था कि आवाज़ बन्द हो गई। थोड़ी देर के बाद मेरी बीवी आई, मैं ने पूछा ''कौन था?''

''यज़दानी साहब।''

''कोई नई लड़ाई थी?''

''नहीं--- ताहिरा के लड़की हुई है-- मरी हुई'' ये कहकर वह रोती हुई अन्दर चली गई। मैं सोचने लगा-- ''अगर अब ताहिरा और अता का झगड़ा हुआ तो कौन टू टू चुकाएगा?''

सोने की अंगूठी

"छत्ते का छत्ता हो गया आपके सर पर-- मेरी समझ में नहीं आता कि बाल न कटवाने का फ़ैशन है--"

"फ़ैशन-वैशन कुछ नहीं-- तुम्हें अगर बाल कटवाने पड़ें तो क़दरे आफ़ियत मालूम हो जाए--"

"मैं क्यों बाल कटवाऊं।"

"क्या औरतें कटवाती नहीं-- हज़ारों बल्कि लाखों ऐसी मौजूद हैं जो अपने बाल कटवाती हैं-- बल्कि अब तो यह फ़ैशन भी चल निकला है कि औरतें मर्दों की तरह छोट-छोटे बाल रखती हैं--"

"लानत है उन पर--"

"किसकी--"

"खुदा की, और किस की-- बाल तो औरत की ज़ीनत हैं-- समझ में नहीं आता कि ये औरतें यों अपने बाल मर्दों की तरह बनवा लेती हैं, फिर पतलूनें पहनती हैं-- न रहे उनका वजूद दुनिया के तख़्ते पर--"

वजूद तो ख़ैर आप की इस बद दुआ से उन नेक बख़्त औरतों का दुनिया के उस तख़्ते से किसी हालत में भी ग़ायब नहीं होगा। वैसे एक चीज़ से मुझे तुम से पूरा इत्तेफाक़ है कि औरत को पतलून जिसे सिलेक्स कहते हैं, नहीं पहननी चाहिए। और सिगरेट भी न पीनी चाहिए।"

"और आप हैं कि दिन में पूरा एक डब्बा फूंक डालते हैं।"

"इसलिए कि मैं मर्द हूं। मुझे इसकी इजाज़त है।"

"किसने दी थी यह इजाज़त आपको। मैं आइन्दा से हर रोज़ सिर्फ़ एक डिबिया मंगा कर दिया करूंगी।"

"और वो जो तुम्हारी सहेलियां आती हैं, उनको सिगरेट कहां से मिलेंगे?"

"वो क़ब पीती हैं।"

"इतना सफ़ेद झूठ न बोला करो। उनमें से जब भी कोई आती है तुम मेरा सिगरेट का डब्बा उठा कर अन्दर ले जाती हो। साथ ही माचिस भी। आख़िर मुझे आवाज़ देकर तुम्हें बुलाना पड़ता है और मेरा डब्बा मुझे वापस मिलता है। इस में से पांच छः सिगरेट ग़ायब होते हैं।"

"पां छः सिगरेट। झूठ तो आप बोल रहे हैं। वो तो बेचारियां मुश्किल से एक सिगरेट पीती हैं।"

"एक सिगरेट पीने में इन्हें मुश्किल क्या महसूस होती है।"

"मैं आपसे बहस करना नहीं चाहती। आपको तो और कोई काम ही नहीं, सिवाए बहस करने के।"

"हज़ारों काम हैं। तुम कौन से हल चलाती हो। सारा दिन पड़ी सोई रहती हो।"

"जी हां। आपतो चौबीस घंटे और वज़ीफ़ा करते रहते हैं।"

"वज़ीफ़े की बात ग़लत है। अलबत्ता मैं यह कह सकता हूं कि मैं सिर्फ़ रात को छः घंटे सोता हूं।"

"और दिन को।"

"कभी नहीं। बस आंखें बन्द कर के तीन चार घंटे लेटा रहता हूं कि इससे आदमी को बहुत आराम मिलता है। सारी थकन दूर हो जाती है।

"यह थकन कहां से पैदा होती है। आप कौन सी मज़दूरी करते हैं।"

"मज़दूरी ही तो करता हूं। सुबह सवेरे उठता हूं। अख़बार पढता हूं। एक नहीं सुपर। फिर नाश्ता करता हूं। नहाता हूं और फिर तुम्हारी रोज़मर्रा चख़-चख़ के लिए तैयार हो जाता हूं।"

"ये मज़दूरी हुई।" और आप यह तो बताइये कि रोज़मर्रा की चख़ का इल्ज़ाम कहां तक दुरूस्त है।"

"जहां तक उसे होना चाहिए। शुरू-शुरू में। मेरा मतलब शादी के बाद दो बरस तक बड़े सकून में ज़िन्दगी गुज़रती रही थी। लेकिन फिर एकदम तुम पर कोई ऐसा दौड़ा पड़ा कि तुमने हर रोज़ मुझ से लड़ना-झगड़ना अपना नियम बना लिया। पता नहीं इसका कारण क्या है।"

"कारण ही तो मर्दों की समझ से हमेशा 'बालातर' रहती है। आपलोग समझने की कोशिश ही नहीं करते।"

"मगर तुम समझने की मोहलत भी दो। हर रोज़ किसी न किसी बात का शोशा छोड़ देती हो। भला आज क्या बात थी जिसपर तुमने इतना चीख़ना-चिल्लाना शुरू कर दिया।"

"गोया यह कोई बात ही नहीं कि आपने पिछले छः महीनों से बाल नहीं कटवाए। अपने अचकनों के कालर देखिए। मैले चिकट हो रहे हैं।"

"ड्राईक्लीन करा लूं।"

"पहले अपना सर ड्राईक्लीन कराइये। वहशत होती है अल्लाह क़सम आपकी बालों को देख कर। जी चाहता है मिट्टी का तेल डाल कर इनको आग लगा दूं।"

"ताकि मेरा ख़ात्मा हो जाये। लेकिन मुझे तुम्हारी इस ख़्वाहिश पर कोई भी एतराज़ नहीं। लाओ बावर्ची खाने से मिट्टी के तेल की बोतल। आहिस्ता-आहिस्ता मेरे सर में डालो, और माचिस की तीली जला कर उसको आग दिखा दो। ख़स कम जहां पाक।"

"यह काम आप ख़ुद ही कीजिए। मैंने आग लगाई तो आप यक़ीनन कहेंगे कि तुम्हें किसी काम का सलीक़ा नहीं।"

"यह तो हक़ीक़त है कि तुम्हें किसी बात का सलीक़ा नहीं। खाना-पकाना नहीं जानती, सीना-पिरोना तुम्हें नहीं आता। घर की सफाई भी तुम अच्छी तरह नहीं कर सकतीं, बच्चों की परवरिश है तो उसका अल्लाह ही हाफ़िज़ है।"

"जी हां। बच्चों की परवरिश तो अब तक माशाअल्लाह, आप की करते आए हैं। मैं तो बिल्कुल निकम्मी हूं।"

"मैं इस मामले में कुछ और नहीं कहना चाहता। तुम ख़ुदा के लिए इस बहस को बन्द करो।"

"मैं बहस कहां कर रही हूं। आप तो मामूली बातों को बहस का नाम देते हैं।"

"तुम्हारे नज़दीक ये साधारण बातें होंगी। तुमने मेरा दिमाग़ चाट लिया है। मेरे सर पर हमेशा इतने ही बाल रहे हैं। और तुम अच्छी तरह जानती हो कि मुझे इतनी फ़ुर्सत नसीब नहीं होती कि हजाम के पास चला जाऊं।"

"जी हां। आपको अपनी ऐयाशियों से फ़ुर्सत ही कहां मिलती है।"

"किन ऐयाशियों से।"

"आप काम क्या करते हैं। कहां मुलाज़िम हैं। क्या तंख़्वाह पाते हैं। आपको तो हर वो काम बहुत बड़ी लानत मालूम होता है जिसमें आपको

मेहनत-मशक्क़त करनी पड़े।''

''मैं क्या मेहनत मशक्क़त नहीं करता। अभी पिछले दिनों ईंटें सप्लाई करने का मैने ठेका लिया था, जानती हो मैने दिन-रात एक कर दिया था।''

''गधे काम कर रहे होंगे। आप तो सोते रहे होंगे।''

''गधों का ज़माना गया। लारियां काम कर रही थीं। और मुझे उनकी निगरानी करना पड़ती थी। दस करोड़ ईंटों का ठेका था। मुझे सारी रात जागना पड़ता था।''

''मैं मान ही नहीं सकती कि आप एक रात भी जाग सकें।''

''अब इसका क्या इलाज है कि तुमने मेरे बारे में ऐसी ग़लत राय क़ायम कर ली है और जानता हूं कि तुम हज़ार सबूत देने पर भी मुझ पर यक़ीन नहीं करोगी।''

''मेरा यक़ीन आप पर से, अर्सा हुआ, उठ गया है। आप परले दर्जे के झूठे हैं।''

''बोहतान तराशी में तुम्हारी हम पल्ला और कोई औरत नहीं हो सकती। मैने अपनी ज़िन्दगी में कभी झूठ नहीं बोला।''

''ठहरिये। परसों आपने मुझ से कहा कि आप किसी दोस्त के यहां गये थे। लेकिन जब शाम को आपने थोड़ी सी पी। तो चहक-चहक कर मुझे बताया कि आप एक एक्ट्रेस से मिल कर आए हैं।''

''वो एक्ट्रेस भी तो अपनी दोस्त है। दुश्मन तो नहीं। मेरा मतलब है अपने एक दोस्त की बीवी है।''

''आपके दोस्त की बीवियां अमूमन तो एक्ट्रेस होती हैं, या तवाइफें।''

''इसमें मेरा क्या क़सूर।''

''क़सूर तो मेरा है--''

''वो कैसे।''

''ऐसे कि मैने आपसे शादी कर ली। मैं एक्ट्रेस हूं न तवाइफ़।''

''मुझे एक्ट्रेसों और तवाइफ़ों से सख़्त नफ़रत है। मुझे उन से कोई दिलचस्पी नहीं। वो औरतें नहीं सलेटें हैं जिन पर कोई भी चन्द हुरूफ़ या लम्बी चौड़ी इबारत लिख कर मिटा सकता है।''

''तो उस रोज़ आप क्यों उस एक्ट्रेस के पास गए।''

''मेरे दोस्त ने बुलाया। मैं चला गया। उसने एक एक्ट्रेस से जो पहले चार शादियां कर चुकी थीं, नया-नया ब्याह रचाया था, मुझे उससे परिचित कराया गया।''

''कैसी थी।''

''चार शदियों के बाद भी वो ख़ासी जवान दिखाई देती थी। बल्कि मैं तो यह कहूंगा कि वो आम कुंवारी जवान लड़कियों के मुक़ाबले में हर लिहाज़ से अच्छी थी।''

''वैसे एक्ट्रेसें किस तरह खुद को चुस्त और जवान रखती हैं।''

''मुझे इसके बारे में कोई ज़्यादा जानकारी नहीं। बस इतना सुना है कि वो अपने जिस्म और जान की हिफ़ाज़त करती हैं।''

''मैने तो सुना है कि बड़ी बदकिर्दार होती हैं। पहले दर्जे की फ़ाहिशा।''

''अल्लाह बेहतर जानता है। मुझे इसके बारे में कोई जानकारी नहीं।''

''आप ऐसी बातों का जवाब हमेशा गोल कर जाते हैं।''

''जब मुझे किसी ख़ास चीज़ के बारे में कुछ जानकारी नहीं हो तो मैं जवाब क्या दूं। मैं तुम्हारे मिज़ाज के बारे में भी यक़ीन से कुछ नहीं कह सकता, घड़ी में तोला घड़ी में माशा।''

''देखिए। आप मेरे बारे में कुछ न कहा कीजिए। आप हमेशा मेरी बेइज़्ज़ती करते रहते हैं। मैं बर्दाश्त नहीं कर सकती।''

''मैने तुम्हारी बेइज़्ज़ती कब की है।''

''यह बेइज़्ज़ती नहीं कि पन्द्रह बरसों में आप मेरा मिज़ाज नहीं जान सके। इसका मतलब यह हुआ कि मैं पागल हूं। आधी पागल, जाहिल हूं उजड् हूं।''

''ये तो ख़ैर तुम नहीं हो। लेकिन तुम्हें समझना बहुत मुश्किल है। अभी तक मेरी समझ में नहीं आया कि तुमने मेरे बालों की बात किस ग़र्ज़ से शुरू की। इसलिए कि जब भी तुम कोई बात शुरू की। इसलिए कि जब भी तुम कोई बात शुरू करती हो तो इसके पीछे कोई ख़ास बात ज़रूर होती है।''

''ख़ास बात क्या होगी। बस आप से सिर्फ़ यही कहना था कि बाल इतने बढ़ गये हैं, कटवा दीजिये। हजाम की दुकान यहां से कितनी दूर है, ज़्यादा से ज़्यादा सौ गज़ के फासले पर होगी-- जाइये-- मैं पानी गर्म कराती हूं।

''जाता हूं। ज़रा एक सिगरेट पी लूं।''

''सिगरेट-विगरेट आप नहीं पिएंगे। लीजिए अब तक। ठहरिये, मैं डब्बा देख लूं। मेरे अल्लाह। बीस सिगरेट फूंक चुके हैं आप--बीस।''

"ये तो कुछ ज़्यादा न हुए। बारह बजने वाले हैं।"

"ज़्यादा बातें मत कीजिए। सीधे हजाम के पास जाइये-- और ये अपने सर का बोझ उतरवाइये।"

"जाता हूं। कोई और काम हो तो बता दो।"

"मेरा कोई काम नहीं। आप इस बहाने से मुझे टालना चाहते हैं।"

"अच्छा तो मैं चला।"

"ठहरिये।"

"ठहर गया। फ़र्माइये।"

"आपके बटुवे में कितने पैसे होंगे।"

"पांच सौ के क़रीब।"

"तो यों कीजिए। बाल कटवाने से पहले अनार कली से सोने की एक अंगूठी ले आइये। आज मेरी एक सहेली की सालग्रह है। दो-ढाई सौ रूपये की होगी।--"

"मेरी तो वहीं, अनार कली ही मैं हजामत हो जाएगी। मैं जाता हूं।"

मिस्टर हमीदा

रशीद ने पहली बार उसको बस स्टेंड पर देखा-- जहां वो शेड के नीचे खड़ी बस का इंतेज़ार कर रही थी। रशीद ने जब उसे देखा तो वो एक क्षण के लिए हैरत में गुम हो गया। इस से पहले उसने कोई ऐसी लड़की नहीं देखी थी जिसके चेहरे पर मर्दों जैसी दाढ़ी और मूंछें हों।

पहले रशीद ने सोचा कि शायद उसकी निगाहों ने ग़लती की है। औरत के चेहरे पर बाल कैसे उग सकते हैं। पर जब उसने ग़ौर से देखा तो उस लड़की ने शेव कर रखी थी और सुर्मई गुबार उसके गालों और होंठों पर मौजूद था।

रशीद ने सोचा कि शायद हिजड़ा हो, मगर नहीं-- वो हिजड़ा नहीं थी। इसलिए कि उसमें हिजड़ों की सी आदत के कोई आसार नहीं थे। वो मुकम्मल औरत थी। नाक नक़्शा बहुत अच्छा था। कूल्हे चौड़े-चकले। कमर पतली। सीना जवानी से भर पूर। बाज़ू सुड़ौल। यहां तक कि उसके जिस्म का हर अंग अपनी जगह पर स्त्रीपन का उमदा नमूदा था।

एक सिर्फ़ उसकी दाढ़ी और मूंछों ने सब कुछ ग़ारत कर दिया था। रशीद सोचने लगा। कुदरत की यह क्या सितम-ज़रीफ़ी है कि एक अच्छी भली नौजवान ख़ूबसूत लड़की को बदनुमा बना दिया।

रशीद के दिमाग़ में काई ख़्याल ऊपर तले आए वो बौखला गया। वो सोचता था। "क्या उस लड़की की ज़िन्दगी अजीरन हो के नहीं रह गई।"

"सुबह उठकर जब उसे उस्तरा पकड़ कर शेव करना पड़ती होगी तो उसे क्या महसूस होता होगा-- क्या उस वक़्त उसके जी में झुंझला कर इंतक़ामी ख़्वाहिश पैदा न होती होगी कि वो घस खुदे की तरह अपने गाल

और होंठ छील डाले।''

''एक औरत के लिए ये कितना बड़ा अज़ाब है कि कांटों की तरह उसके गालों पर रोज़ नुकीले बाल उग आएं।''

''अगर मर्दों जैसे औरतों के भी दाढ़ी-मूंछ उगती तो कोई हर्ज नहीं था। पर यहां शुरू से औरतें इन बालों से वंचित ही रही हैं।''

''जहां तक मैं समझता हूं, औरतों के चेहरों पर बालों का होना कोई बुरी चीज़ नहीं। लेकिन मुसीबत तो यह है कि हम लोग यह देखने के आदि नहीं''

''स्त्रीलिंग, आख़िर स्त्रीलिंग है। इसमें शक नहीं।'' उस लड़की में औरतों के तमाम जौहर मौजूद हैं-- फिर यह दाढ़ी मूंछ किसलिए उग आई है-- नज़र बट्टू के तौर पर। इसकी कोई स्पष्टता तो होनी चाहिए। बेकार में एक सुन्दर वस्तु को भोण्डा बना दिया-- ये कहां की शराफ़त है।''

''अब ऐसी लड़की से शादी कौन करेगा जो हर रोज़ सवेरे उठ कर, उस्तुरा हाथ में पकड़ कर शेव कर रही हो।''

''यह लड़की मूंछें न मूंडे और उन्हें बढ़ा ले-- तो क्या इससे ख़ौफ़ नहीं आएगा। या बेहोश न हो, लेकिन कुछ क्षणों के लिए आपके होशो-हवास ज़रूरत जवाब दे जाएंगे। आप अपने होंठों पर उंगलयां फेरेंगे जहां मूंछें मुंडी होंगी। मगर आपके लिंग का मुक़ाबला करते हुए अपनी मूंछों को ताव दे रही होगी।''

बस आ गई। वो लड़की उसमें सवार होकर चली गई। रशीद को भी उसी बस से जाना था, लेकिन वो अपने विचारों में इतना डूबा था कि उसको बस के आने का पता चला न उसके जाने का...

थोड़ी देर के बाद जब वो लड़की को एक नज़र और देखने के लिए पलटा तो वो मौजूद नहीं थी। उसका ज़ेहन इतना बेचैन था कि उसने अपना काम मुल्तवी कर दिया और घर चला आया। अपने कमरे में बिस्तर पर लेटकर उसने और सोच विचार शुरू कर दी उसको उस लड़की पर बहुत तरस आ रहा था। बार-बार कुदरत की बेरहमी पर लानतें भेजता था कि उसने क्यों और इतने अच्छे और ख़ूबसूरत नमूने को खुद ही बना कर उस पर स्याही का लेप कर दिया। आख़िर उसमें क्या विशेषता थी। अब इस शक्ल में उससे कौन शादी करेगा। कुदरत ने क्या उसके लिए कोई ऐसा मर्द पैदा कर रखा है जो उसे क़बूल कर लेगा। लेकिन वो सोचता कि कुदरत इतनी दूर अंदेश नहीं हो सकती।

उसकी बहन आई। दोपहर हो चुकी थी। उसने रशीद से कहा:

"भाई जान चलिए खाना खा लीजिए।"

रशीद ने उसकी ओर ग़ौर से देखा और उसको यों महसूस हुआ कि उसके चेहरे पर भी बाल हैं।

"सलीमा--"

"जी--"

"कुछ नहीं। लेकिन नहीं ठहरो। क्या तुम्हारी मूंछे हैं।" सलीमा झेंप गई।

"जी हां। बाल उगते हैं।"

"रशीद ने उससे पूछा तो। मेरा मतलब है तुम्हें उल्झन नहीं होती इन बालों से?"

सलीमा ने और ज़्यादा झेंप कर जवाब दिया: "होती है भाई जान!"

"तो उन्हें तुम कैसे साफ करती हो-- ब्लेड से?"

"जी-- एक चीज़ है जिसे बेबी टच कहते हैं-- उसको थोड़ी देर होंठों पर घिसाना पड़ता है--"

"तो बाल उड़ जाते हैं?"

उड़ते-वुड़ते ख़ाक भी नहीं-- दूसरे-तीसरे रोज़ फिर नमूदार हो जाते हैं बड़ी मुसीबत है-- कभी-कभी तो आंखों में आंसू आ जाते हैं।

रशीद ने पूछा: "वो क्यों--"

सलीमा ने दर्दनाक स्वर में जवाब दिया : "जब बाल उखड़ते हैं तो छीकें आती हैं और छींकों के साथ आंखों में पानी उतर आता है। मालूम नहीं अल्लाह मियां मुझे किन गुनाहों की सज़ा दे रहा है--"

रशीद ने थोड़ी देर बाद अपनी बहन से पूछा-- तुम्हारी किसी और सहेली की भी दाढ़ी मूंछे हैं--"

मुंछें तो कई लड़कियों की देखी हैं पर दाढ़ी मैने कभी किसी औरत के चेहरे पर नहीं देखी-- एक दो बाल ठोड़ी पर देखने में आए हैं जो वो हाथ से उखाड़ फेंकती हैं-- ये आपने कैसी गुफ्तुगू आज शुरू कर दी-- चलिए खाना खा लीजिये--

रशीद ने कुछ देर सोचा।

"नहीं-- मैं आज खाना नहीं खाऊंगा। मेरा पेट ठीक नहीं है।" रशीद को यों महसूस होता था कि उसने बालों की पडिंग खाई है जो हज़्म होने में ही नहीं आती-- उसके सारे जिस्म पर तेज़-तेज़ नुकीले बाल यों रेंग रहे थे जैसे ख़ारदार च्यूंटियां।

जब सलीमा चली गई तो रशीद ने फिर सोचना शुरू कर दिया-- लेकिन

सोचने से क्या हो सकता था-- उस लड़की के चेहरे के बाल तो दूर नहीं हो सकते थे। इसके लिए रशीद को पूरा यक़ीन था लेकिन फिर भी वो सोचे चला जा रहा था-- जैसे वो कोई बहुत बड़ी पहेली हल कर रहा हो।

रशीद को दाख़ले की दरख़्वास्त देना थी-- उसने बी.ए. का इम्तेहान रावलपिंडी से पास किया था। अब वो चाहता था कि लाहौर में किसी कालेज में दाख़िल हो जाए और एम.ए. की डिग्री हासिल कर के उच्च शिक्षा के लिए इंगलिस्तान चला जाए जहां उसके पिता प्राइमरी कौंसिल में प्रैक्टिस करते थे।

उस दिन मूंछों और दाढ़ी वाली लड़की के कारण न जा सका। दूसरे दिन वो बस के बजाए तांगे में गया-- उसने चूंकि बी.ए. का इम्तेहान बड़े अच्छे नम्बरों पर पास किया था, इसलिए उसे दाख़ले में कोई दिक़्क़त महसूस न हुई। दाढ़ी मूंछों वाली लड़की अब रशीद के दिलो-दिमाग़ पर क़रीब-करीब छा चुकी थी। लेकिन एक दिन उसने उसको कालेज में देखा-- लड़के उसका मज़ाक उड़ा रहे थे।

एक ने आवाज़ कसा:

"मिस्टर हमीदा--"

दूसरे ने कहा: "एक टिकट में दो मज़े हैं। औरत की औरत और मर्द का मर्द।

तीसरे ने ठहाका लगाया: "म्यूज़ियम में रखना चाहिए थे ऐसी शख़्सीयत को।"

और वो बेचारी अफ़सुर्दा हो रही थी-- उसका माथा पसीने से तर था-- रशीद को उस पर बहुत तरस आया। उसके जी में आया कि आगे बढ़ कर उन तमाम लड़कों का सर फोड़ दे जो उसका मज़ाक़ उड़ा रहे थे। मगर वो कुछ सोच कर चुप रहा--

जब लड़के चले गये, और उस लड़की ने अपने दोपट्टे से आंखों में उमडे हुए आंसू खुश्क किए तो वो हिम्मत करके उसके पास गया और बड़े नर्म स्वर में उससे बोला:

"आप यहां किस क्लास में पढ़ती हैं--"

उसने तंग आकर कहा: "क्या आप भी मेरा मज़ाक़ उड़ाने आए हैं--"

रशीद ने अपना स्वर और नर्म कर दिया-- "जी नहीं-- आप मुझे अपना दोस्त यक़ीन कीजिए--"

उसने, जिसका नाम हमीदा था-- नफ़रत की निगाहों से रशीद को देखा--

"मुझे किसी दोस्त की ज़रूरत नहीं--"

"ये आपकी ज़्यादती है-- हर शख़्स को दोस्त और हमदर्द की ज़रूरत होती है-- मैं इस समय मुनासिब नहीं समझता कि आपके बेचैन दिमाग़ को अपनी बातों से और ज़्यादा बेचैन कर दूं-- वैसे मैं आप से फिर दरख़्वास्त करता हूं कि आप मुझे अपना दोस्त यक़ीन कीजिए।"

यह कह कर रशीद चला गया।

इसके बाद कई बार उसने हमीदा को देखा जो बी.ए. में पढ़ती थी। सारे कालेज में उसकी दाढ़ी-मूंछों के चर्चे थे। लेकिन ऐसा मालूम होता था जैसे वो लड़कों की 'आवाज़बाज़ी' की आदी हो चुकी है। मेरा विचार है कि अब उसने यह महसूस करना शुरू कर दिया था कि उसके चेहरे पर कोई बाल नहीं हैं।

वो होस्टल में रहती थी। एक बार वो बहुत बीमार हो गई दस पन्द्रह दिन तक बिस्तर में लेटना पड़ा-- रशीद ने कई बार इरादा किया कि वो उसकी बीमार-पुर्सी के लिए जाए मगर उसको यह ख़तरा था कि वो गुस्सा हो जाएगी क्योंकि उसे किसी की हमदर्दी पसंद न थी।

वो चाहती थी कि उसकी कश्ती, टूटी-फूटी, जैसी भी है उसके इलावा और कोई खेने वाला न हो-- लेकिन एक दिन मजबूर हो कर उसने चपरासी के हाथ एक ख़त रशीद के नाम भेजा।

जिसमें कुछ शब्द लिखे थे:

रशीद साहब!

मैं बीमार हूं-- क्या आप थोड़े वक़्त के लिए मेरे कमरे में तशरीफ़ ला सकते हैं। आभारी होऊंगी--

हमीदा

रशीद यह ख़त मिलते ही होस्टल में गया। बड़ी मुश्किलों से हमीदा का कमरा तलाश किया--

अन्दर दाख़िल हुआ तो उसने पहले यह समझा कि कोई मर्द जिसने कई दिनों से शेव नहीं की-- कम्बल ओढ़े लेटा है-- लेकिन उसने अपनी प्रतिक्रिया ज़ाहिर न होने दी।

चारपाई के साथ ही कुर्सी पड़ी थी। रशीद उस पर बैठ गया।

हमीदा मुस्कुराई।

"मैने आपको इसलिए तकलीफ़ दी है कि मुझे बुख़ार के कारण बहुत कमज़ोरी हो गई है और शेव नहीं कर सकी-- क्या आप इसके लिए मदद कर सकेंगे--"

रशीद ने कमरे में इधर-उधर देखा-- शेव का सामान खिड़की की सिल पर मौजूद था।

टीन में गर्म पानी लाकर उसने हमीदा के चेहरे के बाल नर्म किए साबुन मला। अच्छी तरह झाग पैदा किए और फिर पांच मिनट के अन्दर अन्दर शेव बना डाली--

फिर तौलिए से उसका चेहरा खुश्क किया और शेव का सामान साफ करने के बाद वहीं रख दिया जहां से उसने उठाया था।

हमीदा ने अपना हाथ गालों पर फेरा-- और फिर रशीद से कहा: "शुक्रिया।"

अब दोनों एक दूसरे के दोस्त हो गए।

रशीद ने एम.ए. और हमीदा ने बी.ए. पास कर लिया-- रशीद को जल्दी ही अच्छी नौकरी मिल गई।

अब वो एक नहीं, प्रतिदिन दो शेव बनाता था।

बग़ैर इजाज़त

नईम टहलता-टहलता एक बाग़ के अन्दर चला गया-- उसको वहां की फ़िज़ा बहुत पसंद आई। घास के एक तख़्त पर लेट कर उसने खुद कलामी शुरू कर दी।

कैसी पुरफ़िज़ा जगह है। हैरत है कि आज तक मेरी नज़रों से ओझल रही। नज़रें-- ओझल--

इतना कह कर तो मुस्कुराया--

नज़र हो तो चीज़ें नज़र भी नहीं आतीं-- आह कि नज़र की बेनज़री। देर तक वो घास के उस तख़्ते पर लेटा और ठंडक महसूस करता रहा। लेकिन उसकी खुद कलामी जारी थी।

ये नर्म-नर्म घास कितन सुखदायक है।

आंखें पांव के तल्वों में चली आईं। और यह फूल इतने ख़ूबसूरत नहीं जितनी हरजाई ख़ुश्बू है। हर चीज़ जो हरजाई हो। ख़ूबसूरत होती है। हरजाई औरत। हरजाई मर्द। कुछ समझ में नहीं आता। यह ख़ूबसूरत चीज़ों पहले पैदा हुई थीं। या ख़ूबसूरत ख़्याल। हर ख़्याल ख़ूबसूरत होता है। मगर मुसीबत यह है कि हर फूल ख़ूबसूरत नहीं होता। मिसाल के तौर पर यह फूल। उसने उठ कर एक फूल की ओर देखा और अपनी खुद कलामी जारी रखी।

यह इस टहनी पर उकड़ूं बैठा है-- कितना सुफ़ला दिखाई देता है। बहर हाल, यह जगह ख़ूब है-- एक बहुत बड़ा दिमाग़ मालूम होती है। रौशनी भी है। साए भी हैं। ऐसा महसूस होता है कि उस वक़्त मैं नहीं बल्कि यह जगह सोच रही है।

यह पुरफ़िज़ा जगह इतनी देर मेरी नज़रों से ओझल रही। इसके बाद नईम खुशी में कोई ग़ज़ल गाना शुरू कर देता है कि अचानक मोटर के हार्न की तेज़ आवाज़ उसके साज़े-दिल के सारे तार झंझोड़ देती है।

वो चौंक कर उठता है। देखता है कि एक मोटर पास ही खड़ी है और एक लम्बी-लम्बी मूंछों वाला आदमी उसकी ओर क़हर आलूद निगाहों से देख रहा है-- उस मूंछों वाले आदमी ने गरज कर कहा:

"ऐ! तुम कौन हो--"

नईम जो अपने ही नशे में गुम था, चौंका---

"ये मोटर इस बाग़ में कहां से आ गई--"

मूछों वाला जो उस बाग़ का मालिक था, बड़बड़ाया:

"देखने से तो आदमी शरीफ़ मालूम होता है मगर यहां कैसे घुस आया-- किस इत्मीनान से लेटा था जैसे उसके बावा का बाग़ है--" फिर उसने बुलन्द आवाज़ में ललकार के नईम से कहा:

"अमां-- कुछ सुनते हो--"

"हुज़ूर सुन रहा हूं-- तशरीफ़ ले आइये-- यहां बहुत पुरफ़िज़ा जगह है।" बाग़ का मालिक भिन्ना गया:

"तशरीफ़ का बच्चा। इधर आओ--"

नईम लेट गया--

"भई मुझ से न आया जायेगा, तुम खुद ही चले आओ। वल्लाह! बड़ी दिल फ़रेब जगह है। तुम्हारी सारी थकान दूर हो जाएगी--"

बाग़ का मालिक मोटर से निकला-- और गुस्से में भरा हुआ नईम के पास आया: "उठो यहां से--

नईम के कानों को उसकी तीखी आवाज़ पसंद न आई-- "इतने ऊंचे न बोलो। आओ, मेरे पास लेट जाओ। बिल्कुल ख़ामोश जिस तरह कि मैं लेटा हुआ हूं। आंखें बन्द कर लो-- अपना सारा जिस्म ढीला छोड़ दो। दिमाग़ की सारी बत्तियां गुल कर दो। फिर जब तुम उस अंधेरे में चलोगे तो टटोलती हुई तुम्हारी उंगलियां ऐसे कुमकुमे रौशन करेंगी जिनके वजूद से तुम बिल्कुल ग़ाफ़िल थे।

"आओ मेरे साथ लेट जाओ--"

बाग़ के मालिक ने एक क्षण सोचा-- नईम से कहा:

"दीवाने मालूम होते हो--"

नईम मुस्कुराया: "नहीं-- तुमने कभी दीवाने देखे नहीं। मेरी जगह यहां

अगर कोई दीवाना होता तो वो इन बिखरी हुई झाड़ियों और टहनियों पर बच्चों के गालों की तरह लटके हुए फूलों से कभी मुतमइन न होता। दीवांगी इत्मीनान का नाम नहीं मेरे दोस्त। लेकिन आओ! दीवांगी की बातें करें।''

''बकवास बन्द करो। निकल जाओ यहां से।''

बाग़ के मालिक को तैश आ गया। उसने अपने ड्राइवर को बुलाया और कहा कि नईम को धक्के मार कर बाहर निकाल दे।

''अरे! तुम कौन हो? बड़े बदतमीज़ मालूम होते हो।''

जब नईम बाहर जा रहा था तो उसने गेट पर एक बोर्ड देखा जिस पर यह लिखा था-- बग़ैर इजाज़त अन्दर आना मना है--''

वो मुस्कुराया।

हैरत है कि यह मेरी नज़रों से ओझल रहा। नज़र हो तो बाज़ चीज़ें नज़र नहीं भी नहीं आतीं-- आह नज़र की यह बेनज़री--

यहां से निकल कर वो एक आर्ट की नुमाइश में चला गया।

हॉल में दाख़िल होते ही उसको औरतों और मर्दों का झुरमुट नज़र आया जो दीवारों पर लगी पेंटिंग्ज़ देख रहा था। एक मर्द किसी पारसी औरत से कह रहा था:

''मिसेज़ फौजदार-- ये पेंटिंग देखी आपने--''

मिसेज़ फौजदार ने तस्वीर को एक नज़र देखने के बाद एक औरत शीरीं की तरफ़ बड़े ग़ौर से देखा और उस मर्द से जो शायद उसका होने वाला पति था कहा:

''तुमने देखा, शीरीं कितनी सज बन कर आई है।''

एक नौजवान औरत एक कमसिन लड़की से कह रही थी: ''सुरैया! इधर आ के तस्वीरें देख-- तू वहां खड़ी क्या कर रही है।''

सुरैया को तस्वीरों से कोई दिलचस्पी नहीं थी। असल में उसको एक व्वॉयफ्रेंड से मिलना था।

एक अधेड़ उम्र का मर्द जिसे पेंटिंग से कोई दिलचस्पी नहीं थी, अपने अधेड़ उम्र के दोस्त से कह रहा था:

''जुकाम की वजह से निढाल है, वर्ना ज़रूर आती-- आप जानते ही हैं पेंटिंगज से उसे कितनी दिलचस्पी है, अब तो वो बहुत अच्छी तस्वीरें बना लेती है। परसों उसने पेंसिल काग़ज़ लेकर अपने छोटे भाई की सायकिल की तस्वीर उतारी-- मैं तो दंग रह गया।''

नईम पास खड़ा था-- उसने हल्के व्यंग के साथ कहा:

“हू बहू सायकिल मालूम होती होगी।”

दोनों दोस्त भौंचक्के से होकर रह गये कि यह कौन बदतमीज़ है, चुनांचि उनमें से एक ने नईम से पूछा:

“आप कौन हैं--”

नईम बौखला गया।

“मैं... मैं...”

“मैं मैं क्या करते हो-- बताओ तुम कौन हो।”

नईम ने संभल कर कहा:

“आप ज़रा आराम से पूछिए-- मैं आपको बता सकता हूं--”

“तुम यहां आए कैसे?”

नईम का जवान बड़ा मुख़्तसर था:

“जी पैदल--”

औरतों और मर्दों ने, जो आस-पास खड़े तस्वीरें देखने के बजाये खुदा मालूम किन-किन चीज़ों पर टिप्पणी कर रहे थे, हंसना शुरू कर दिया-- इतने में इस नुमाइश का संचालक आया उसको नईम की गुस्ताख़ी के सम्बंध में बताया गया तो उसने बड़े कड़े अंदाज़ में उस से पूछा:

“तुम्हारे पास कार्ड है?”

नईम ने बड़े भोलेपन से जवाब दिया:

“कार्ड-- कैसा कार्ड-- पोस्टकार्ड?”

“बग़ैर इजाज़त तुम अन्दर चले आये। जाओ, भाग जाओ यहां से।”

नईम एक तस्वीर को देर तक देखना चाहता था लेकिन उसके न चाहते हुए वहां से निकलना पड़ा--सीधा अपने घर गया। दरवाज़े पर दस्तक दी। उसका नौकर फ़ज़लू बाहर निकला। नईम ने उस से प्रार्थना की:

“क्या मैं अन्दर आ सकता हूं।”

फ़ज़लू बौखला गया-- “हुजूर--हुज़ूर-- यह आपका अपना घर है। इजाज़त कैसी?”

नईम ने उस से कहा:

“नहीं फ़ज़लू-- यह मेरा घर नहीं-- यह घर जो मुझे आराम प्रदान करता है, कैसे मेरा हो सकता है-- मुझे अब एक नई बात मालूम हुई है।”

फ़ज़लू ने बड़े अदब से पूछा:

“क्या सरकार?”

नईम ने कहा:

यही कि यह मेरा घर नहीं। अलबत्ता उसका गर्दो-गुबार-- इसकी तमतम गंदगियां मेरी हैं-- वो सभी चीज़ें जिस से मुझे परेशानी होती है, मेरा हैं। लेकिन वो तमाम चीज़ें जिन से मुझे राहत पहुंचती है किसी और की-- खुदा जाने किस की। मै अब डरता हूं। किसी अच्छी चीज़ को अपनाने से खौ़फ लगता है। यह पानी मेरा नहीं। यह हवा मेरी नहीं। यह आसमान मेरी नहीं। वो लिहाफ़ जो मैं सर्दियों में ओढ़ता हूं, मेरा नहीं। इसलिए कि मैं उस से राहत तलब करता था--

"फ़ज़्लू जाओ-- तुम भी मेरे नहीं--"

नईम ने फ़ज़्लू को कोई बात करने न दी।

वो चला गया।

रात के दस बज चुके थे।

हीरामंडी के एक कोठे से "पिया बिन नाहीं आवत चैन" के बोल बाहर उड़-उड़ के आ रहे थे।

नईम उस कोठे पर चला गया।

अन्दर मुजरा सुनने वाले तीन-चार मर्दों की तरफ़ देखा-- और तवाइफ से कहा।

"इन लोगों को कोई ऐतराज़ तो नहीं होगा--"

तवाइफ़ मुस्कुराई:

"इन्हें क्या एतराज़ हो सकता है-- उधर मसनद पर बैठिए, गाव तकिया ले लीजिए।"

नईम बैठ गया। उसने कमरे का जाइज़ा लिया और उस तवाइफ़ से कहा:

"यह कितनी अच्छी जगह है।"

तवाइफ संजीदा हो गई:

"आप क्या मेरा मज़ाक़ उड़ाने आए हैं-- यह अच्छी जगह है-- जिसे तमाम 'शरे वाहिद' से ज़्यादा गन्दी जगह समझते हैं।"

नईम ने उस से कहा:

"यह अच्छी जगह इसलिए है कि यहां "वग़ैर इजाज़त के आना मना है" का बोर्ड टंगा नहीं है--"

यह सुन कर तवाइफ़ और उसका मुजरा सुनने वाले तमाशबीन हंसने लगे। नईम ने ऐसा महसूस किया कि दुनिया एक इस क़िस्म की तवाइफ़ है जिसका मुजरा सुनने के लिए इस क़िस्म के चुग़द आते हैं--

ख़ुशबूदार तेल

"आपका मिज़ाज अब कैसा है?"

"यह तुम क्यों पूछ रही हो-- अच्छा भला हूं-- मुझे क्या तकलीफ़ थी।"

"तकलीफ़ तो आपको कभी नहीं हुई-- एक फ़क़त मैं हूं जिसके साथ कोई न कोई तकलीफ़ या आरज़ा चिमटा रहता है।"

"यह तुम्हारी असावधानियों के कारण होता है-- वर्ना आदमी को कम से कम साल भर में दस महीने तो तुन्दुरुस्त रहना चाहिए।"

"आप तो बारह महीने तुन्दुरुस्त रहते हैं। अभी पिछले दिनों दो महीने अस्पताल में रहे-- मेरा ख़्याल है अब फिर आपका वहीं जाने का इरादा हो रहा है।"

"अस्पताल में जाने का इरादा कौन करता है?"

"आप ऐसे आदमी-- और किसका दिमाग़ फिरा है कि वो बीमार होकर वहां पर जाए और अपने अज़ीज़ों की जान का अज़ाब बन जाये।"

"तो गोया मैं अपने सब रिश्तेदारों की जान का अज़ाब बन बना बैठा हूं-- मेरा तो यह नज़रिया है कि हर रिश्तादार ख़ुद ज़ान का बहुत बड़ा अज़ाब होता है।"

"आपको तो रिश्तादारों की कोई परवा नहीं-- जबकि वही हमेशा आड़े वक़्त में काम आते रहते हैं।"

"कौन से आड़े वक़्त में काम आते रहे हैं।"

"पिछले बरस जब आप बीमार हुए-- तो किसने आपके इलाज पर रूपया ख़र्च किया था।"

"मुझे मालूम नहीं। मेरा ख़्याल है तुम्हीं ने किया होगा।"

"आपका हाफ़्ज़ा कमज़ोर हो गया है-- या आप जान बूझ कर अपने रिश्तेदारों की मदद को भूल रहे हैं।"

"मैं अपने किसी रिश्तेदार की मदद का मोहताज नहीं रहा, और न रहूंगा। अच्छा ख़ासा कमा लेता हूं-- खाता हूं-- पीता हूं--

"जितना खा सकता हूं खाता हूं। जितनी पी सकता हूं पीता हूं--"

"आपको मालूम नहीं कि पीना हराम है---"

"मालूम है-- आजकल तो जीना भी हराम है। मगर चचा ग़ालिब कह गये हैं।"

मय से ग़र्ज़े निशात है किस रू स्याह को
एक गुना बेखुदी मुझे दिन रात चाहिए।

"ये चचा ग़ालिब कौन थे-- ज़िन्दा हैं या मर गये-- मैने तो आज पहली बार उनका नाम सुना है।"

"वो सब के चचा थे-- बहुत बड़े शायर।"

"शायरों पर खुदा की लानत। बेड़ा ग़र्क़ करते हैं लोगों का--"

"बेगम! यह तुम क्या कह रही हो-- उन्हीं के दम से तो ज़िन्दगी की रौनक़ क़ायम है-- ये न हों तो चारों तरफ़ खुश्की-खुश्की ही नज़र आए-- ये लोग फूल होते हैं। साफ पानी के धारे होते हैं जो इंसानों के ज़ेहन की सफाई करते हैं-- यह न हों तो हमारी ज़िन्दगी बेनमक हो जाये।

"बेनमक हो जाए-- कैसे बेनमक हो जाए-- यहां नमक की कोई कमी है। जितना चाहे ले लीजिये। और वो भी सस्ते दामों पर-- उन लोगों को जिनहें आप शायर कहते हैं-- मैं तो चाहती हूं कि इनको खयोड़े के किसी खान में ज़िन्दा दफन कर दिया जाये। ताकि वो भी नमक बन जाऐ और आपको चाटते रहें।"

"ये आज तुमने कैसे पर पुर्ज़े निकाल लिए--"

"पर पुर्ज़ों के सम्बंध में कुछ नहीं जानती। मैं तो इतना जानती हूं कि जब आप से कोई मामले की बात करे तो आप भिन्ना जाते हैं। मालूम नहीं क्यों। मैने कभी आपकी ज़ात पर तो हमला नहीं किया। हमेशा सीधी-साधी बात कर दी।"

"तुम्हारी सीधी साधी बातें हमेशा टेढ़ी होती हैं। मेरी समझ में नहीं आता तुम्हें हो क्या गया है। दो बरस से तुम हर वक़्त मेरे सर पर सवार रहती हो।"

''इन बरसों में मुझे आपने क्या सुख पहुंचाया है--''

''भई माफ़ करो मुझे-- में सोना चाहता हूं। सारी रात ही जागता रहता हूं।''

''क्या तकलीफ़ थी आपकी? मुझे भी तो कुछ उसकी जानकारी हो।''

''तुम्हें अगर इसकी जानकारी भी हो जाए-- तो इसका मदावा क्या करोगी।''

''मैं तो बड़ा ही आयोग्य हूं। किसी काम का भी नहीं। बस एक सिर्फ आप हैं जो दुनिया की सारी हिकमत जानते हैं।''

''भई मैने भी यह दावा नहीं किया। लेकिन औरत ज़ात हमेशा खुद को योग्य समझती है। जबकि वो आम तौर पर कम अक्ल होती है।''

''देखिए, आप तान-तरूज़ पर उतर आए-- यह कहां की अक्लमंदी है।''

''मैं माफ़ी चाहता हूं। तुमने चूंकि मुझे उकासाया तो यह शब्द मेरी ज़बान से निकल गये, वर्ना तुम जानती हो कि मैं गुफ्तुगू के मामले में बड़ा सावधान रहता हूं।''

''जी हां-- रहते होंगे-- मुझ से तो आपने हमेशा ही नौकरानियों का सा सलूक किया--''

''यह सरासर बोहतान है-- तुम तो मेरी मलका हो।''

''आप बादशाह कैसे बन बैठे-- आपकी सलतनत कहां है?''

''मेरी सलतनत ये मेरा घर है।''

''और आप यहां के शहंशाह हैं--''

''इसमें क्या शक है-- तुमने व्यंग से कहा है, लेकिन हकीक़त में इस सलतनत का शासक मैं ही हूं।''

''तुम मेरी मलका हो। और मलका को हाथ पर हाथ धरे बैठे नहीं रहना चाहिए। अपनी मिलकियत का ध्यान रखना चाहिए। इसलिए तुम भी यहां के शासक हो, इसलिए कि तुम उसकी व्यवस्था करती हो-- नौकरों की देखभाल आदि, अच्छे से अच्छा खाना पकवाना।

''सारा दिन पलंग पर लेटी आराम करती रहती हो--''

''मैं तो जो आराम करती हूं, सो करती हूं-- पर आप मुझे यह बताइये।''

''क्या--''

''कुछ नहीं। आप इस घर के शासक हैं-- अब मैं आप से क्या

कहूं--"

"तुम जो कुछ कहना चाहती हो, बिना डर और भय के कहो-- तुम्हें डर या अंदेशा किस बात का है।"

"कहीं जहांपनाह बिगड़ न जाएें--"

"मज़ाक़ बर तरफ रखो -- यह बताओ तुम कहना क्या चाहती हो।"

"कहना तो मैं बहुत कुछ चाहती हूं। मगर आप में ठण्डे दिल से सुनने का मादा ही कहां है।"

"मादा तो तुम ही हो। मैं नर हूं।"

"अब आपने वाहियात क़िस्म की गुफ़्तुगू शुरू कर दी।"

"कभी-कभी मुंह का स्वाद बदलने के लिए ऐसी बातें भी कर लेनी चाहिए। इसलिए कि तबीयत बेस्वाद न हो।"

"आपकी तबीयत कई दिनों से बेस्वाद है। सीधे मुंह कोई बात ही नहीं करते।"

"मैं तो चंगा भला हूं। मुझे ऐसी कोई शिकायत नहीं है-- हो सकता है कि तुम्हारे नफ़्स ने बहुत ऊंची उड़ान भरी हो। अगर ऐसा ही है तो कोई आसान तजवीज़ कर दो ताकि तुम्हारी तशफ़्फ़ी हो जाए।"

"अभी पूछ लो जो कुछ पूछना है-- मुझे अब ज़्यादा तंग न करो।"

"आप तो ज़रा-सी बात पर तंग आ जाते हैं--"

"यह ज़रा सी बात है कि तुमने मुझ से इतनी बकवास कराई। यही वक़्त मैं कहीं और लगाता तो कुछ फायदा भी होता।"

"क्या फ़ायदा होता। बड़े लाखों कमा लिए हैं। आपने, बिना इस बकवास के--"

"कमाये तो हैं-- लेकिन तुम यह बताओ कि कहना क्या चाहती हो।"

"मैं कहना चाहती थी कि जब से नई नौकरानी आई है, आपकी तबीयत क्यों ख़राब रहने लगी है।"

"नई नौकरानी को कोई बीमारी है।"

"जी नहीं। बीमारी तो नहीं। लेकिन मैने उसे आज रूख़्सत कर दिया है--"

"क्यों-- वो तो बड़ी अच्छी थी--"

"आपकी नज़रों में होगी। मैं तो सिर्फ इतना जानती हूं कि वो बीस रूपये महीना में इतने अच्छे कपड़े कैसे पहन सकती थी-- बालों में

ख़ुश्बूदार तेल कहां से डालती थी।''

''मुझे क्या मालूम''

''आपको सब कुछ मालूम है-- आपके बालों से भी उसी तेल की ख़ुश्बू आती है-- मालूम नहीं यह तेल आपने कहां छुपा रखा है।''

संतर पंच

मैं लाहौर केएक स्टूडियो में मुलाज़िम हुआ। जिसका मालिक मेरा बम्बई का दोस्त था। उसने मेरा स्वागत किया। मैं उसकी गाड़ी में स्टूडियो पहुंचा था। बग़लगीर होने के बाद उसने अपनी शराफत भरी मूंछों को जो शायद कई दिनों से न तराशी थी-- थिरका कर कहा:

''क्यों ख़्वाजा। छोड़ दी--''

मैने जवाब दिया।

''छोड़नी पड़ी--''

स्टूडियो का मालिक जो अच्छा फिल्म डायरेक्टर भी है (मैं इसे सहूलत के लिए गीलानी कहूंगा) मुझे अपने ख़ास कमरे में ले गया-- इधर-उधर की अनगिनत बातें करने के बाद उसने चाय मंगवाई जो निहायत ज़लील थी। ज़बरदस्ती पिलाई। कई सिगरेट इस दौरान खुद फूंके और मुझ से फुंकवाए।

मुझे एक ज़रूरी काम से जाना था-- चुनांचि मैने उससे कहा--

''यार, छोड़ो अब चाय की बकवास को-- मुझे यह बताओ कि तुमने आज इतने बरसों के बाद कैसे याद कर लिया।''

''बस एक दिन अचानक याद आ गये-- बुला लिया-- बताओ अब सेहत कैसी है--''

''तुम्हारी दुआ से ठीक है---- मेरे स्वर में दोस्ताना व्यंग था। वो हंसा--

''वाह मेरे मोलवी साहब-- मेरा ख़्याल है कि जब से तुम खुश्क-खुश्क हुए हो-- तुम्हारी हर वक़्त बहाल रहने वाली तबीयत ठहरे पानी की तरह

ठहर गई है--"

"होगा ऐसा ही--"

"होगा क्या-- है ही ऐसा मामला-- लेकिन ख़ुदा न करे, ऐसी ज़िहानत जिसकी सब प्रशंसा करते हैं-- उसका भी यही हश्र हो-- क्या तुम अब भी फिल्मी कहानी का ढांचा तैयार कर सकते हो-- फ़र्स्ट क्लास कहानी--"

मैने उस से कहा:

"फर्स्ट, सिकंड, इंटर और थर्ड मैं नहीं जानता-- अलबत्ता कहानी ज़रूर होगी-- तुम सोचते हो फ़र्स्ट की कहानी वो स्क्रीन पर आते ही थर्ड बन जाए-- या थर्ड जिसको तुमने डिब्बों में बन्द करके गोदाम में रख छोड़ा था-- वो गोल्डन जुबली फिल्म साबित हो-- क्या दुरुस्त नहीं-- ख़ैर इन बातों को छोड़े। तुम यह बताओ कि चाहते क्या हो।"

उसने मुझे एक सिगरेट सुलगा कर दिया और संजीदगी से कहा:

देखो मंटो-- मैं एक कहानी चाहता हूं-- बड़ा दिलचस्प और रोमांटिक मैं फिल्मडिस्ट्रब्यूटर से कंट्रेक्ट कर चुका हूं तुम बताओ कितनी देर में लिख लोगे--

"फ़राग़त से एक महीने के बाद--"

सर्दियों का मौसम था। उसने अपने हाथ एक दूसरे के साथ बड़े ज़ोर के साथ मले-- उसकी इस प्रक्रिया से दो चीज़ें ज़ाहिर होती थीं। पहला यह कि उसके हाथ गर्म हो गये हैं। दूसरे यह कि उसके सर का बोझ हल्का हो गया है कि उसको कहानी वक़्त पर मिला जायेगी और वो जो कि मेरी तरह तेज़ी से काम करने वाला है, उसे नियत समय के अन्दर-अन्दर डायरेक्ट कर के प्रिंट डिस्ट्रीब्यूटर के हवाले कर देगा और कंट्रेक्ट के हिसाब से जो बकाया रक़म उसके नाम निकलती थी, उसी समय मेज़ पर धरवा लेगा।

उसने चन्द लम्हात ग़ौर किया।

"कल ही काम शुरू कर देगा--"

मैने जवाब दिया:

"काम तो मैं शुरू कर दूं-- लेकिन यहां मेरे लिए कोई अलग कमरा होना चाहिए।"

"हो जाएगा--"

"और एक असिस्टेंट--"

“मिल जायेगा-- तो कल से आना शुरू कर दोगे--”

मैने उससे कहा--

“देखो गीलानी-- मेरे घर से और तुम्हारे स्टूडियो तक का फासला काफी है। तांगे में आऊंगा तो क़रीब-क़रीब देढ़ घंटा-- बस का सवाल ही पैदा नहीं होता--”

उसने पूछाः

“क्यों--”

“यानी उसका इंतेज़ार करना पड़ता है-- बस स्टेंड पर खड़े रहो-- खुदा-खुदा कर के पांच नम्बर की बस आ गई-- मुसाफिरों से भरी हुई और वो बिना ठहरे चल दी और तुम खुद को दुनिया का कमतरीन इंसान महसूस करते हो-- जी में आता है कि खुदकुशी कर लो-- या फिर दुनिया वालों की बेरूख़ी से निजात हासिल करने के लिए संयास घार लो।”

गीलानी ने अपनी शरारत भरी मूंछे थिरकाईं।

“मैं शर्त बदलने के लिए तैयार हूं कि तुम भी दुनिया त्याग नहीं सकते। जिस दुनिया में हर क़िस्म की शराब मिलती है-- और ख़ूबसूरत औरतें भी--”

मैने चिड़ कर कहाः

“औरतें जाऐं जहन्नम में-- तुम अच्छी तरह जानते हो कि मैं बम्बई के हर स्टूडियो में, जहां मैने काम किया, उन से दूर ही रहा।”

तुम तो अपने वक़्त के ‘डॉन जो आन’ हो। मुज़ाक़ उड़ाते हो तुम ख़्वाजा मेरा।”

मैने संजीदगी के साथ उस से कहाः

“नहीं गीलानी।”

यह रूत्बा बुलंद मिला जिसको मिल गया--

या यों कह लो।

ईं सआदत बज़ोर बाज़ू नीस्त

ता नः बख़्शंद खुदाए बख़्शिन्दा

गीलानी मुस्कुराया--

“खुदाए बख़्शिन्दा तो बड़े अर्से से तुम्हें मरहूम व मग़फ़ूर कर चुका है-- तुम बख़्शी हुई रूह हो।”

मैने कहाः

“इस से क्या होता है-- मैं अपने गुनाहों की सज़ा भुगतना चाहता

हूं--'' फ़ल्सफ़ा मत बघारो यार-- यह बताओ क्या अभी तक तुम्हारे पास वो उर्दू टाइप राइटर मौजूद है।''

''अच्छा तो यह बताओ वो एक्ट्रेस जिस से तुमने कलकत्ता में शादी की थी, अभी तक तुम्हारे पास मौजूद है--'

गीलानी ने गर्वीले अंदाज़ में जवाब दिया:

''मौजूद क्यों नहीं होगी-- गोया तुम्हारी नज़र में एक्ट्रेस और टाइप राइटर में कोई फ़र्क़ नहीं--''

मैने उस से कहा:

''क्या फ़र्क़ है-- एक फ़िल्म पर टाइप करती है-- दूसरी काग़ज़ पर-- दोनों किसी वक़्त भी बिगड़ सकती हैं।''

गीलानी मेरी इन बातों से तंग आ गया था-- आख़िर मैने उसको दिलासा दिया--

''यार, यह सब मज़ाक़ था-- तो मैं कल आ जाऊं-- मेरा मतलब है तुम गाड़ी भेज दोगे?''

''गीलानी सोफे पर से उठा-- उसके साथ मैं भी--'' उसने कहा:

''हां-- हां भई-- कब चाहिए तुम्हें गाड़ी--''

''कोई वक़्त भी मुक़र्रर कर लो-- साढ़े नौ बजे सुबह--''

''ठीक है--''

''तुम काग़ज़ वग़ैरह आज ही मंगवा लेना-- ताकि मैं स्टूडियो पहुंचते ही काम शुरू कर दूं-- और तुम से उल्टा न सुनूं कि देखो तुमने मुझे लेट डाउन दिया। मेरा इतने हज़ार रूपये का नुक़्सान हो गया है।''

गीलानी ने बड़े प्यार से कहा:

''क्या बकते हो यार-- मैं तुम्हारी तबीयत से वाक़िफ़ नहीं-- कभी-कभी तुम डुबकी लगा जाया करते हो--''

मैने उसको यक़ीन दिलाया:

''नहीं ऐसा नहीं होगा-- तुम संतुष्ट रहो-- हां मेरा टाइप राइटर यहां सुरक्षित तो रहेगा?''

गीलानी की आदत है कि वो ज़रा-ज़रा सी बात पर चिड़ जाता है।

''सुरक्षित नहीं रहेगा तो क्या गुण्डा अग़वा करने आ जाएंगें अपने किसी आशिक़ के साथ तुम्हारी मशीन भाग निकलेगी--''

मैं बहुत हंसा।

हसंते-हंसाते हम दोनों ने स्टूडियो का चक्कर लागया-- इसके बाद

उसने मुझे अल्विदा कही और मैं उसी गाड़ी में बैठ कर चला गया। जहां पहुंचते ही मैने टाप राइटर की झाड़पोंछ की-- इसलिए कि एक मुद्दत से मैने उसे इस्तेमाल नहीं किया था क्योंकि कहानी लिखने का इस दौरान में कोई मौक़ा ही हाथ न आया।

बिगड़ा हुआ मैकेनिक या मिस्त्री आर्टिस्ट बन जाता है ये मेरा अपना निजी तैयार किया मुहावरा है--

गीलानी शुरू-शुरू में मैकेनिक था-- बिगड़ कर वो अर्टिस्ट बन गया, पर वो मेहनती था--

जब वो मिस्त्री था तो उसे ज़्यादा सहूलतें मयस्सर नहीं थीं लेकिन जब कैमरा कुली से तरक़्क़ी करता-करता कैमरा मैन बन गया तो उसने कैमरा के हर पेंच से सम्बन्धित अपनी बुद्धि से पता कर लिया कि इनका लोहे के उस चौखटे में अपनी-अपनी जगह क्या मसरफ है।

कैमरे को वो उल्टा करता-कभी सीधा कभी उसका गेट खोल कर बैठ जाता और घंटों उससे अपने विभिन्न साइज़ के पेंच पुर्ज़ों के द्वारा जोड़-तोड़ में व्यस्त रहता।

फुरसत के समय-- यानी जब शूटिंग नहीं होती थी-- वो अपनी सायकिल पर शहर पहुंचता और सारा दिन कबड़ियों की दुकानों पर बिताता। उसको दुनिया के तमाम कबाड़ियों से मुहब्बत है, और उनके कबाड़ख़ानों को वो बड़ी मुक़द्दस जगहें तसव्वर करता था।

वो उन दुकानों में बैठ कर योजना बनाता रहता कि सिलाई मशीन का हैंडल जो बेकार पड़ा है, यदि लोहे के फुलां टुकड़े के साथ वैल्ड कर दिया जाये और उसके फुलां के अन्दर छोटे पंखे जो नुक्कड़ वाली दुकान में मौजूद हैं, लगा दिए जाएं तो फर्स्ट क्लास धौंकनी बन सकता है।

ख़ुदा मालूम वो क्या-क्या सोचता था-- इन दिनों दर असल ज़ेहनी वर्ज़िश कर रहा था-- यह वो तैयारी थी जो वो अपने मंसूबों की पूर्ति के लिए इस्तेमाल करना चाहता था।

उसने एडीटिंग भी इसी तरह सीखी-- आसपास की हर नन्हीं से नन्ही वस्तु का अध्ययन किया, और आख़िर एक दिन उसने स्टूडियो की एक फिल्म की ऐसी अच्छी एडीटिंग की कि लोग दंग रह गए।

सेठ ने सोचा-- कि अच्छे कैमरा मैन तो मिल जाएंगे मगर ऐसा निपुन एडीटर जो सेलोलाइड के छोटे बड़े फीते के टुकड़े को इतनी निपुनता से जोड़ता है कि फिर उसमें ज़रा भी कमी हो ही नहीं सकती-- चुनांचि

एडीटिंग डिपार्टमेंट का हेड बना दिया। तंख़्वाह उसकी वही रही हो कैमरा मैन अनुसार थी। वो अपना काम बड़ी लगन और परिश्रम से करता रहा लेकिन इसके साथ-साथ वो लेबार्टरी से भी दिलचस्पी लेता था।

थोड़ी ही देर में उसने उसके कल पुर्ज़ों में थोड़ी बहुत मरम्मत और उसको ठीक करने के तरीक़े पेश किए जो विचार-विमर्श के बाद क़बूल कर लिए गए-- नतीजा देखा गया तो किसी हद तक ठीक था।

सेठ ने एक दिन सोचा।

"क्यों न गीलानी को एक फिल्म डायरेक्ट करने का मौक़ा दिया जाऐ।"

जब उस से पूछा:

तुम कोई फिल्म डायरेक्ट कर लोगे।

तो उसने अपने आप पर भरोसा करते हुए जवाब दिया:

"हां सेठ-- पर इसमें कोई दख़ल न दे।"

कहानी आधी गीलानी ने ख़ुद बनाई-- आधी इधर-उधर के मुंशियों से लिखवाई और अल्लाह का नाम लेकर शूटिंग शुरू कर दी-- यह फिल्म ख़त्म हुआ और नुमाइश के लिए स्थानीय सिनेमा घरों में प्रस्तुत किया गया तो उसने अगले-पिछले तमाम रिकार्ड तोड़ दिए।

इसके बाद उसने लाहौर में दो फिल्म बनाए। ये भी सिल्वर जुबली हिट साबित हुए-- एक कलकत्ता जाकर फिर बनाया। वो भी कामयाब था। यहां से वो बम्बई पहुंचा। क्योंकि वहां के फिल्म साज़ों ने बड़ी तकड़ी-तकड़ी आफ़रें भेजी थीं। चुनांचि एक जगह उसने आफ़र क़बूल कर के कंट्रेक्ट पर दस्तख़त कर दिए और "चुन वे" का मंज़र नामा खुद लिखा-- फ़िल्म बन गया-- और इतना बड़ा बाक्स आफिस साबित न हुआ--

शायद इसलिए कि बटवारे के कारण दूसरे शहरों की तरह बम्बई में भी साम्प्रदायिक दंगा शुरू हो गये-- जिस तरह दूसरे मुसलमान हिजरत कर रहे थे, उसी तरह गीलानी भी बम्बई छोड़ कर कराची चला गया-- यहां से वो लाहौर पहुंचा और एक स्टूडियो की नीव रखी। साउंड रिकार्डिस्ट से लेकर कीलें ठोकने वाले तक को उसकी निजी निगरानी में काम करना पड़ता था। क़िस्सा मुख़्तसर कि स्टूडियो तैयार हो गया।

लाहौर के मुसलमान हाथ पर हाथ धरे बैठे थे।

जब यह स्टूडियो बना तो उनकी जान में जान आई-- चुनांचि यहां शूटिंग शुरू हो गई-- इसके बाद यह चल निकला-- गीलानी इस दौरान

में स्टेज और इधर-उधर के सामान को दुरूस्त और मरम्मत कराने में वयस्त रहा उसका सहयोगी लाहौर ही का एक नौजवान सिराजुद्दीन था-- जो क़रीब-क़रीब आठ बरस से उसके साथ था-- ने कहा टाइप राइटर की दाल लेकर खा लो।

इसके बाद गीलानी ने खुद मेरे टाइप राइटर का मुआइना किया और फ़ैसला किया कि मशीन में कोई नुक़्स नहीं--

मगर सिराज अपने तजुर्बे के बल बूते पर अडिग था--

"नहीं हुज़ूर-- यह अब मरम्मत तलब हो चुकी हैं-- बड़े और छोटे रूलर सब नए लगवाने पड़ेंगे-- ओवर बालिंग होगी-- इसका कुत्ता भी नाक़िस हो चुका है, वो भी पड़ेगा--

"तुम्हारी टांगों पर--"

"आप मेरी मज़ाक़ न उड़ाइये-- अच्छा-- ख़ैर आप ही सही कहते हैं।" यह कह कर अपने गंजे सर पर टोपी दुरूस्त करता चला गया।

गीलानी ने अपना ख़ास टूल बक्स मंगवाया और मशीन के सब पुर्ज़े अलग-अलग कर के रख दिये। कोई पुर्ज़ा पत्थर पर घिसाया-- कोई रेगमाल पर-- किसी के सरेश लगाई-- किसी को तेल। और उनको दोबारा फिट कर के विजयी के अंदाज़ में मेरी तरफ देखा और कहा:

"क्यों साहब ठीक हो गई या नहीं--"

मैने ऐसे ही कह दिया।

"हां, अब ठीक है।"

गीलानी ने अपने पास खड़े असिस्टेंट को बुलाया:

"जाओ, उस उल्लू के पट्ठे एक्सपर्ट, सिराज को बुला कर लाओ।"

चन्द मिनट में सिराज हाज़िर हो गया--

उसने मशीन चलाई तो दस पन्द्रह बार टप-टप करने के बाद ही ख़ामोश हो गई।

सिराज ने गिलानी से कुछ न कहा।

थोड़ी देर के बाद गीलानी आज्ञापूर्ण स्वर में उस से कहा:

"अच्छा तुम इसे बनाओ-- देखें तुम क्या मारते हो।"

मुझे अपनी पन्द्रह बरस पुरानी प्यारी मशीन की इस दुर्गत पर तरस आ रहा था-- मगर अब किया हो सकता था-- जब उसके अंजर-पंजर ढीले हुए मेरी आंखों के सामने पड़े थे।

दूसरे दिन सिराज ने अपना टूल बक्स रिकार्डिंग में से मंगवाया और

मेरी मशीन पर अपनी माहिराना सर्जरी शुरू कर दी।

ज़रूरी पुर्ज़े निकाल कर उसने इलाहदा रख लिए और बाक़ी हिस्से पिट्रोल में डाल दिए।

अब उनकी चिता जलाने के लिए सिर्फ माचिस की एक तिली ही काफी थी।

मैं ख़मोश रहा--

ये सब कुछ देखता रहा।

कुत्ते के जबड़ों को एक पिलास के साथ ज़ोर से पकड़ा और मेरी तरफ़ करते हुए बोलाः

"लो, देख लो-- मैं न कहता था-- कुत्ता काम नहीं कर रहा-- इसका संतर पंच ही ख़राब है--"

"संतर पंच--"

"हां--"

और सिराज एक बार फिर उसका संतर पंच ठीक करने लगा।

कुदरत का उसूल

कुदरत का यह उसूल है कि जिस चीज़ की मांग न रहे, वो खुद-बखुद या धीरे-धीरे बिल्कुल ख़त्म हो जाती है, या बहुत कामयाब-- अगर आप थोड़ी देर के लिए सोचें तो आपको मालूम हो जायेगा कि यहां से कितनी चीज़ें ग़ायब हो गई हैं--

चीज़ों को छोड़िए, फ़ैशन ले लीजिए-- कई आए और कई दफ़न हुए। मालूम नहीं कहां दुनिया का यह चक्कर इसी तरह चलता रहता है, एक आता है, एक जाता है।

एक ज़माना था कि लड़कियां अंगिया का इस्तेमाल अच्छा नहीं समझती थीं, मगर अब यह बहुत ज़रूरी समझा जाता है कि सहारा है। अमेरिका और इंग्लिस्तान से तरह-तरह की अंगियां आ रही हैं-- कुछ ऐसी हैं कि उनमें कोई स्ट्रेप नहीं होता-- एक अंगिया जो सब से क़ीमती है "मैडम फ़ोम" कहलाती है। इसे कोई बुढ़िया भी पहन ले तो जवान दिखाई देती है।

इससे भी ज़्यादा शदीद अंगिया नूर जहां फिल्म एक्ट्रेस ने "चुन वे" में पहनी थी जिसकी नुमाइश से मेरे जमालियाती ज़ौक़ को बहुत सदमा पहुंचा था, मगर मैं क्या करता--

हर आदमी को अपनी पंसद की चीज़ खाने और पहनने की आज़ादी है।

विकल्प इंसान की फितरत है-- वो कभी एक चीज़ पर क़ायम नहीं रहता। इसीलिए उसके आसपास का माहौल भी बदलता रहता है। अगर आज उसे मुर्ग़ियां पसंद हैं तो मार्केट में लाखों मुर्ग़ियां एकदम आ जायेंगी--

लेकिन जब उसका दिल उन से उक्ता जायेगा-- तो मैं वसूक़ से कह सकता हूं कि मुर्गियां या तो अंडे देना बन्द कर देंगी-- या उसे सेयेंगी नहीं--

यह भी संभव है कि अगर लोग पानी पीना बन्द कर दें तो सारे कुवें सूख जाऐं-- दरिया अपने को बेकार समझ कर अपना रूख़ बदल लें।

मैं आज से पन्द्रह बरस पहले की बात कर रहा हूं-- आरगंडी (जिसे रिफिल कहा जाता था) की बनाई क़मीसों का रिवाज औरतों में आम था। लेकिन दो-तीन बरसों के बाद ये कमीसें ऐसी ग़ायब हुई जैसे गधे के सर से सींग--

इतने बरस गुज़र चुके थे मगर अब यह कपड़ा जो जानवों की खाल की तरह अकड़ा होता था-- किसी औरत के बदन पर नज़र नहीं आता। ज़ाहिर है कि उसका बनाना या तो एक तरह से बन्द कर दिया गया है-- या बहुत कम तैयार किया जाता है।

मैं अब असल विषय की ओर आता हूं-- ज़्यादा समय नहीं बीता-- हमजिंसियत का बाज़ार पंजाब में हर जगह गर्म था-- मर्दों की अकसरीयत इस ग़ैर फितरी फेल से शग़ल फरमाती थी। और ऐसे लड़के काफी तादाद में मौजूद थे जिनकी अदायें देख कर नई उम्र की लड़कियां भी शरमाऐं। उनकी चाल ढाल कुछ ऐसी क़यामतख़ीज़ होती थी कि ऐशपसंद मर्द-- अपनी औरतों को भूल जाते थे।

मैं उसी ज़माने का ज़िक्र कर रहा हूं। जब लड़कियों के बदले उनकी विपरीत लिंग का दौर-दौरा था-- मैं अपने मकान की बैठक में अपने एक हिन्दू दोस्त के साथ ताश खेल रहा था कि बाहर से शोरोगुल की आवाज़ें सुनाई दीं। ऐसा मालूम होता था कोई बहुत बड़ा हंगामा बरपा हो गया है।

अमृतसर में हंगामे होना उन दिनों मामूली बात थी। मैने सोचा कि हिन्दू-मुस्लि फ़साद हो गया है। लेकिन अपने इस अंदेशे का ज़िक्र हिन्दू दोस्त से नहीं किया जो मेरा हम जमाअत था।

हम दोनों गली से बाहर निकले-- देखा कि बाज़ार में सब दुकानें बन्द हैं बड़ी हैरत हुई कि माजरा क्या है-- हम गली के बाहर खड़े थे कि इतने में शहर का एक बहुत बड़ा गुण्डा आया-- उसके हाथ में हाकी थी जो ख़ून से लिथड़ी हुई थी-- उसने मुझे सलाम किया-- इसलिए कि वो मुझे पहचानता था कि मैं एक प्रतिष्ठित व्यक्ति का बेटा हूं। सलाम करने के बाद उसने मेरे दोस्त की तरफ़ देखा और मुझ से मुख़ातिब हुआः

"मियां साहब-- बाबू जी से कहिए कि यहां खड़े न रहें। आप इन्हें

अपने मकान में ले जाएं--

बाद में मालूम हुआ कि जो ख़ून-ख़राबा हुआ, उसका कारण मेरा दोस्त था। उसके कई तालिब थे-- दो पार्टियां बन गईं-- जिनमें उसके कारण लड़ाई हुई जिसमें कई आदमी ज़ख़्मी हुए-- शहर का जो सब से बड़ा गुण्डा था, चौथे-पांचवे रोज़ उसे दूसरी पार्टी ने इतना जख़्मी कर दिया कि दस दिन उसे अस्पताल में रहना पड़ा जो उसकी गुण्डागर्दी का सबसे बड़ा रिकार्ड था।

लाहौर वाले अच्छी तरह जानते होंगे कि यहां एक लड़का टैनी सिंह के नाम से जाना जाता था-- जो गवर्नमेंट कालेज में पढ़ता था। उसके एक परिस्तार ने उसे एक बहुत बड़ी मोटरकार दे रखी थी। वो उसमें बड़े ठाठ से आता और दूसरे लड़के जो उसी के वर्ग में आते थे-- बहुत जलते-- मगर लाहौर में उस वक़्त टैनी सिंह का ही तूती बोलता था-- मैने उसको देखा। वाक़ई ख़ूबसूरत था।

अब यह हाल है कि कोई टैनी सिंह नज़र नहीं आता-- कालिजों में चले जाइये, वहां आपको ऐसा कोई लड़का नज़र नहीं आएगा जिसमें औरतों के गुण जैसे कोई चैलंज हो, इसलिए कि अब उनकी जगह लड़कियों ने ले ली है. .. कुदरत ने उनका अंत कर दिया।

तांगे वाले का भाई

सैयद गुलाम मुर्तज़ा जीलानी मेरे दोस्त हैं। मेरे यहां अक्सर आते हैं। घण्टों बैठे रहते हैं। काफ़ी पढ़े लिखे हैं।

उन से मैने एक दिन कहा:

"शाह साहब! आप अपनी ज़िन्दगी का कोई दिलचस्प वाक़िया सुनाइये।" शाह साहब ने बड़े ज़ोर का ठहाका लगाया-- "मंटो साहब-- मेरी ज़िन्दगी दिलचस्प वाक़िया से भरी पड़ी है। कौन सा वाक़िया आपको सुनाऊं?"

मैने उन से कहा: "जो भी आपके ज़ेहन में आ जाए।" शाह साहब मुस्कुराए। "आप मुझे बड़ा परहेज़गार आदमी समझते होंगे। आपको मालूम नहीं मैने दस बरस तक दिन रात शराब पी है और ख़ूब खुल-खेला हूं। अब चूंकि दिल उचाट हो गया है इसलिए मैने ये सब छोड़ रखे हैं।"

मैने पूछा-- "कहीं आपने शादी तो नहीं कर ली?"

"हज़रत, मैं पांच बरस से लाहौर में हूं। अगर मैने शादी की होती तो आपको इसकी इत्तला मिल जाती।"

"तो क्या आप अभी तक कुंवारे हैं।"

"जी हां।"

"बड़े ताज्जुब की बात है।" शाह साहब ने एक आह भरी।

"चलिए--आपको एक दास्तान सुना दूं। आप इसे लिख कर अपने पैसे खरे कर लीजिये।"

मुझे पैसे खरे करने तो थे, फिर भी मैं ने उन से कहा: "नहीं शाह साहब-- आप अपनी दास्तान सुनाइये, देखिए इसका अफ़साना बनता भी है

कि नहीं-- वैसे मैं आपसे वायदा करता हूं कि अगर मैने आपकी दास्तान को अफ़साने में ढाल लिया तो मुझे जो परिश्रमिक मिलेगा, सब का सब आपका होगा।''

शाह साहब हंसे--

''छोड़ो यार। मैं अपनी बीती हुई ज़िन्दगी के टुकड़ों की क़ीमत वसूल नहीं करना चाहता। तुम अफ़साना निगार लोग अजीब ज़ेहन के होते हैं। दास्तान सुन लो। बाक़ी तुम जानो। मुझे परिश्रमिक आदि से कोई मतलब नहीं।'' शाह साहब के लबो-लहजा से यह साफ़ ज़ाहिर था कि उन्हें मेरी बात पसंद नहीं आई। इसलिए मैने इसके बारे में मज़ीद गुफ़्तुगू करना उचित न समझा और उन से कहा:

''आप अपनी दास्तान बयान करना शुरू कर दें।''

शाह साहब ने मेरे सिगरेट केश से सिगरेट निकाल कर सुलगाया। मुझे बड़ा ताज्जुब हुआ इसलिए कि मैने उन्हें चार-पांच बरस के अर्से में कभी सिगरेट पीते नहीं देखा था। मैने अपनी हैरत का इज़्हार करते हुए उन से कहा:

''शाह साहब आप सिगरेट पीते हैं।''

शाह साहब के होंठों पर जिनमें सिगरेट अटका हुआ था, अजीब क़िस्म की मुस्कुराहट प्रकट हुई।

''मंटो साहब! आपने अपनी ज़िन्दगी में इतने सिगरेट नहीं पिए होंगे-- जितने मैं पी चुका हूं। आज आपने ऐसी बात छेड़ दी कि खुद-बखुद मेरे हाथ आप के सिगरेट केस की तरफ़ उठ गये। व्हिस्की है आपके पास?''

मैने जवाब दिया।

''जी हां-- है--''

''तो लाओ-- एक पटियाला पैग-- मैं दस बरस का रखा हुआ रोज़ा तोड़ूंगा। तुमने आज ऐसी बातें की हैं कि मेरा सारा जिस्म माज़ी में चला गया है।''

मैं ने अपनी अल्मारी से व्हिस्की की बोतल निकाली और शाह साहब के लिए एक पटियाला पैग बना कर हाज़िर कर दिया। उन्होंने एक ही बार में गिलास ख़ाली कर दिया। आस्तीन से होंठ साफ़ करने के बाद वो मुझ से मुख़ातिब हुए: ''हां तो अब कहानी सुनो--

लेकिन यह बोतल यहां से ग़ायब कर दो--

मैने व्हिस्की की बोतल उठाई और अन्दर जाकर अल्मारी में रख दी।

वापस आया तो देखा शाह साहब दूसरा सिगरेट सुलगा रहे हैं।

मैं कुर्सी उठा कर उनके पास बैठ गया। वो मुस्कुराए। लेकिन यह मुस्कुराहट कुछ ज़ख़्मी सी थी। उन्होंने इसी ज़ख़्मी मुस्कुराहट से कहना शुरू किया। "जो वाक़िया मैं अब बयान करने वाला हूं। आज से क़रीब दस बरस पहले का है। हमारा मिलना-जुलना ज़्यादातर खाते-पीते और काफ़ी मालदार हिन्दुओं का था। बड़े अच्छे लोग थे। हर रोज़ पीने-पिलाने का दौर रहता-- इस हल्क़े में मेरे अलावा कई और दोस्तों को शराब के अलावा औरतों की भी ज़रूरत महसूस हुआ करती। वो किसी न किसी तरह अपनी ज़रूरत पूरी करते। मुझ से कहते कि तुम भी आओ। मगर मैं इंकार कर देता। अपनी मर्ज़ी के खिलाफ़। मेरा दिल वैसे चाहता था कि किसी औरत की कुर्बत नसीब हो।"

मैने शाह साहब से कहा: "आपने शादी क्यों न कर ली--"

शाहस साहब ने जवाब दिया: "मैने-- सच पूछो तो इस बारे में कभी सोचा ही नहीं था--"

"क्यों--"

"कभी ख़याल ही न आया।"

"ख़ैर आप अपनी दास्तान जारी रखिये।"

शाह साहब ने सिगरेट को एशट्रे में दबाया। प्यारे मंटो! मैने बहुत कोशिश की कि अपने दोस्तों के साथ शराब नोशी के सिवा किसी और शग़ल में न फंसूं। लेकिन इन कमबख़्तों ने आख़िर एक दिन मुझे मना ही लिया। यह तै पाया कि किसी दलाल द्वारा खुश शक्ल लौंडिया मंगवाई जाए। हम चार दोस्त फ्लैट से बाहर निकले तो एक तांगे वाला जो कि मुझे जानता था, मुझे देख कर पुकार उठा-- शाह जी-- शाह जी-- आओ-- आओ!" हम चारों दोस्त उसके तांगे में बैठ गये। उस वक़्त मैं पूरा-पूरा क़ायल हो चुका था कि शराब के साथ औरत ज़रूर होनी चाहिए। चुनांचि मैने अपनी सारी शराफ़त अपनी जेब में डाल के, उसके कान में कहा कि वो किसी लौंडिया का बन्दोबस्त कर दे।

जब उसने यह सुना तो वो भौंचका सा होकर रह गया-- उसको यक़ीन नहीं आता था कि मैं कभी ऐसी वाहियात बात करूंगा। लेकिन जब मैने उसके कान में फिर कहा कि मुझे वाक़ई एक लड़की की अशद ज़रूरत है तो उसने बड़े अदब से कहा:

"शाह जी! तुसी जो हुक्म देव-- बन्दा हाज़िर ए। ऐसी तकड़ी कुड़ी

ले के आवांगा कि सारी उमर याद रखोगे।''

तांगेवाला चला गया और हम वापस अपने फ्लैट में आ गये। शाम का वक़्त था जब यह मुहिम सर करने के लिए गया था। हम देर तक इंतज़ार करते रहे। तरह-तरह के विचार मेरे दिल में आते थे वो लड़की किस क़िस्म की होगी, कहीं कोई बाज़ारी औरत तो न निकल आएगी--

हम जब इंतेज़ार करते-करते थक गए तो ताश खेलना शुरू कर दी। रात के बारह बज गये। हम मायूस होकर निकले तो देखा कि तांगे वाला घोड़े के चाबुक लगाता चला आ रहा है। पिछली सीट पर एक बुर्क़ापोश औरत बैठी थी। मेरा दिल धक-धक करने लगा।

तांगे वाले ने मुझ से कहा: ''शाही जी! जो माल मैं लेने गया, वो दसावर चला गया है। अब यह दूसरा माल बड़ी कोशिशें से ढूंढ कर लाया हूं...''

मैने उसको पांच रूपये दिए। फिर हम चारों दोस्त सोचने लगे कि इस बुर्क़ापोश औरत को कहां ले जाएं। अपने फ्लैट में ले जाना ठीक नहीं था इसलिए कि ज़िम्मेदारी थी। लोग तरह-तरह की बातें करते। बात का बतंगड़ बन जाता। ख़ाहमख़ाह फ़ज़ीहत हो जाता। चुनांचि हमने फ़ैसला किया कि अपने दोस्त रहमान के पास चलें।

रात के एक बजे के क़रीब हम उस बुर्क़ापोश औरत के साथ रहमान के मकान पर पहुंचे। बहुत देर तक दस्तक देने के बाद उसने दरवाज़ा खोला। कम्बल ओढ़े था उसे ग़ालिबन बुख़ार था--

मैने उसको सारी बात दबी ज़बान में बताई तो उसने भी दबी ज़बान में ही कहा: ''शाह जी-- आपको क्या हो गया है। मेरा मकान हाज़िर है, लेकिन आपको मालूम नहीं कि इस माह की बीस तारीख़ को मेरी शादी होने वाली है। मेरा साला अन्दर है। उसकी मौजूदगी में यह सिलसिला जो आप चाहते हैं, कैसे हो सकता है--''

कुछ देर-- मेरी समझ में न आया उससे क्या कहूं। लेकिन थोड़ी देर बाद मैने उसको डांटा--

''यार! तुम निरे बेवकूफ़ हो। अपने साले को चलता करो। हम इतनी दूर से तुम्हारे पास आए हैं। क्या तुम में इतनी मुरव्वत भी बाक़ी नहीं रही-- बीस तारीख़ को तुम्हारी शादी आ रही है, ठीक है। लेकिन आज मेरी शादी है। यह मेरी दुल्हन बुर्क़ा पहने तांगे में बैठी है। तुम्हें अपने दोस्तों का कुछ तो ख़्याल आना चाहिए।''

रहमान को मेरी हालत पर कुछ तरस आ गया। चुनांचि उसने अपने साले को जगाया और उसको अपने बुख़ार के लिए कोई ज़रूरी दवा लेने के लिए बाहर भेज दिया। शहर में क़रीब-क़रीब केमिस्टों की सब दुकानें बन्द थीं। लेकिन उसने अपने साले से कहा:

"शहर की दुकानें देखो जहां से भी तुम्हें यह दवा मिले, लेकर आओ।" लड़का बरखुर्दार क़िस्म का था। नुस्ख़ा लेकर आंखें मलता चला गया। उस ग़रीब को तांगा भी शायद नज़र न आया। जिसमें बुर्क़ापोश औरत थी--

मैने सोचा-- कि हुजूम ठीक नहीं होगा-- मालूम नहीं मेरे दोस्त क्या हरकतें करें। चुनांचि मैने उनको किसी न किसी तरह आमादा कर लिया कि वो तांगे में वापस चले जाएं। पांच रूपये तांगे वाले को और दे दिए। मगर उसने बुर्क़ापोश सवारी उतारी तो कहा:

हुज़ूर इसकी फ़ीस तो देते जाइये।

मैने पूछा कितनी है।

"पच्चीस रूपये।"

मैने जेब से नोट निकाले और गिन कर पांच-पांच के पांच नोट उसके हवाले कर दिए, और उस बुर्क़ापोश औरत को अपने दोस्त के मकान में ले आया।

रहमान को बुख़ार था-- वो अलग कमरे में जा कर लेट गया मैं बहुत देर तक उस बुर्क़ापोश औरत से गुफ़्तुगू करता रहा।

उसने कोई जवाब न दिया और न अपने चेहरे से नक़ाब ही हटाया। मैं तंग आ गया--

उसको टटोला-- तो वो बिल्कुल सपाट थी-- आख़िर मैने ज़बरदस्ती उसका बुर्क़ा उलट दिया।

मेरी हैरत की इन्तेहा न रही। जब देखा कि वो औरत नहीं। हिजड़ा था। निहायत मकरूह क़िस्म का--!

मुझे सख़्त गुस्सा आया-- मैने उससे पूछा:

"यह क्या वाहियातपन है--"

उस हिजड़े ने जिसके चेहरे पर रोओं का नीला-नीला गुबार मौजूद था, बड़ी निस्वानी अंदाज़ में जवाब दिया:

"मैं तांगे वाले का भाई हूं।"

शाह साहब ने इसके बाद मुझ से कहा-- "मंटो साहब! उस दिन के बाद मुझे इस सिलसिले से कोई रग़बत नहीं रही।

शरीर और आत्मा

मुजीब ने अचानक मुझ से सवाल किया: "क्या तुम उस आदमी को जानते हो?"

गुफ़्तुगू का मौज़ू यह था कि दुनिया में ऐसे कई व्यक्ति मौजूद हैं जो एक मिनट के अन्दर-अन्दर लाखों और करोड़ों को ज़रब दे सकते हैं, उनकी तक़सीम कर सकते हैं। आने-पाई का हिसाब 'चश्मे-ज़दन' में आपको बता सकते हैं।

इस गुफ़्तुगू के दौरान में मुग़नी यह कह रहा था: इंग्लिस्तान में एक आदमी है जो एक नज़र देख लेने के बाद फ़ौरन बता देता है कि इस ज़मीन की लम्बाई-चौड़ाई क्या है-- क्षेत्रफल कितना है-- उसने अपने एक बयान में कहा था कि वो अपनी इस खुदादाद सलाहियत से तंग आ गया है वो जब भी कहीं बाहर खुले खेतों में निकलता है तो उनकी हरियाली और उनका हुस्न उसकी निगाहों से ओझल हो जाता हे और वो इस ज़मीन की पैमाइश अपनी आंखों से शुरू कर देता है। एक मिनट के अन्दर-अन्दर वो अंदाज़ा कर लेता है कि ज़मीन का यह टुकड़ा कितना क्षेत्रफल रखता है, उसकी लम्बाई और चौड़ाई कितनी है फिर उसे मजबूरन अपने अनुमान का इम्तेहान लेना पड़ता है। फीटर सेटअप के द्वारा उस भू-भाग को मापता और वो उसके अनुमान अनुसार निकलता। अगर उसका अनुमान ग़लत होता तो उसे सांत्वना मिलती। किसी क्षण विजेय अपनी हार से भी ऐसी लज़्ज़त महसूस करता है जो उसे विजय से नहीं मिलती। वास्तव में हार दूसरी शानदार विजय का पेश ख़ेमा होती है।

मैने मुग़नी से कहा: "तुम दुरुस्त कहते हो-- दुनिया में हर क़िस्म के

अजूबे मौजूद हैं--''

मैं कुछ और कहना चाहता था कि मुजीब ने जो इस गुफ़्तुगू के दौरान काफ़ी पी रहा था अचानक मुझ से सवाल किया:

''क्या तुम उस आदमी को जानते हो?''

मैं सोचने लगा कि मुजीब किस आदमी के सम्बंध में मुझसे पूछ रहा है, ''हामिद-- नहीं, वो आदमी नहीं मेरा दोस्त है।

अब्बास, उसके सम्बंध में कुछ कहने सुनने की ज़रूरत ही महसूस नहीं हो सकती थी। शबीर, उसमें कोई असाधारण बात नहीं थी। आख़िर यह किस आदमी का हवाला दिया गया था।

मैने मुजीब से कहा: ''तुम किस आदमी का हवाला दे रहे हो?''

मुजीब मुस्कुराया : ''तुम्हारा हाफ़्ज़ा बहुत कमज़ोर है।''

''भई मेरा हाफ़्ज़ा बचपन से ही कमज़ोर रहा है। तुम पहेलियों में बातें न करो-- बताओ वो कौन आदमी है जिससे तुम मेरा तआरूफ़ कराना चाहते हो।''

मुजीब की मुस्कुराहट में अब एक तरह का रहस्य था। ''बूझ लो।''

''मैं क्या बूझूंगा जबकि वो आदमी तुम्हारे पेट में है।''

आरिफ़, असग़र और मसऊद ज़ोर से हंस पड़े। आरिफ़ ने मुझ से मुख़ातिब होकर कहा: ''वो आदमी अगर मुजीब के पेट में है तो आपको उसकी पैदाइश का इंतेज़ार करना पड़ेगा।

मैने मुजीब की तरफ़ एक नज़र देखा और आरिफ़ से मुख़ातिब हुआ: मैं सारी उम्र उस मेहदी की विलादत का इंतेज़ार नहीं कर सकता हूं।''

मसऊद ने अपने सिगरेट को ऐश्ट्रे के क़ब्रिस्तान में दफ़न करते हुए कहा : ''देखिये साहिबान! हमें अपने दोस्त मिस्टर मुजीब की बात का मज़ाक़ नहीं उड़ाना चाहिए, यह कह कर वो मुजीब से मुख़ातिब हुआ, मुजीब साहब फ़रमाइये। आपको क्या कहना है-- हम सब बड़े ग़ौर से सुनेंगे।''

मुजीब थोड़ी देर ख़ामोश रहा। इसके बाद अपना बुझा हुआ चुरूट सुलगा कर बोला: माफ़ी चाहता हूं कि मैने उस आदमी के सम्बंध में आप से पूछा जिसे आप जानते नहीं।''

''मैने कहा: मुजीब तुम कैसी बातें करते हो, तुम उस आदमी को जानते हो--''

मुजीब ने पूरे यक़ीन के साथ कहा: ''बहुत अच्छी तरह-- जब हम

दोनों बर्मा में थे तो दिन रात इकट्ठे रहते थे। अजीबो-ग़रीब आदमी था।''

मसऊद ने पूछा: ''किस लिहाज़ से?''

मुजीब ने जवाब दिया: ''हर लिहाज़ से-- उस जैसा आदमी आपने ज़िन्दगी में कभी नहीं देखा होगा।''

मैने कहा: ''भई मुजीब अब बता भी दो वो कौन हज़रत थे।''

''बस हज़रत ही थे।''

आरिफ़ मुस्कुराया: ''चलो, क़िस्सा ख़त्म हुआ-- वो हज़रत थे और बस--''

मसऊद यह जानने के लिए बेताब था कि वो हज़रत कौन थे। ''भई मुजीब, तुम्हारी हर बात निराली होती है। तुम बताते क्यों नहीं हो कि वो कौन आदमी था जिसका ज़िक्र तुमने अचानक छेड़ दिया।''

मुजीब ख़ामोशी पसंद था। उसके मित्र-बंधु हमेशा उसकी तबीयत से दुखी रहते-- लेकिन उसकी बातें जची-तुली होती थीं।

थोड़ी देर ख़ामोश रहने के बाद उसने कहा: ''माज़रत ख़्वाह हूं कि मैने ख़ाहमख़ाह आपको इस मख़मसे में गिरफ़्तार कर दिया-- बात दरअसल यह है कि जब यह गुफ़्तुगू शुरू हुई तो मैं खो गया। मुझे वो ज़माना याद आ गया जिसको मैं कभी नहीं भूल सकता।''

मैने पूछा: ''वो ऐसा ज़माना कौन-सा था?''

मुजीब ने अब एक लम्बी कहानी बयान करना शुरू कर दी: ''अगर आप समझते हैं कि उस ज़माने से मेरी ज़िन्दगी के किसी रोमांस का सम्बंध है तो मैं आप से कहूंगा कि आप कम फ़हम हैं।''

मैने मुजीब से कहा: ''हम तो आपके फ़ैसले के मुंतज़र हैं। अगर आप समझते हैं कि आप कम फ़हम हैं तो ठीक है। लेकिन वो आदमी।''

मुजीब मुस्कुराया: ''वो आदमी-आदमी था-- लेकिन उसमें ख़ुदा ने बहुत सी कूव्वतें बख़्शी थीं।''

मसऊद ने पूछा: ''मिसाल के तौर पर--''

मिसाल के तौर पर यह कि वो एक नज़र देखने के बाद बता सकता था कि आपने किस रंग का सूट पहना था। टाई कैसी थी। आपकी नाक टेढ़ी थी या सीधी-- आपके किस गाल पर कहां और किस जगह तिल था। आपके नाखुन कैसे हैं। आपके दाहिनी आंख के नीचे ज़ख़्म का निशान है। आपकी भंवे मुंडी हुई हैं। माज़े फुलां साइज़ के पहने हुए थे, क़मीस पोपलीन की थी मगर घर में धुली हुई।''

यह सुनकर मैने महसूस किया कि जिस वयक्ति का ज़िक्र मुजीब कर रहा है, अजीबो-ग़रीब हस्ती का मालिक है। चुनांचि मैने उससे कहा: "बड़ा मार्काख़ीज़ आदमी था।"

"जी हां, बल्कि उससे भी कुछ ज़्यादा-- उसको इस बात का भ्रम था कि वो कोई मंज़र, कोई मर्द, कोई औरत सिर्फ़ एक नज़र देख ले तो वो उसे ज्यों का त्यों अपने शब्दों में बयान कर सकता है जो कभी ग़लत न होंगे। और इसमें कोई शक नहीं कि उसका अंदाज़ा हमेशा दुरुस्त साबित होता था।"

मैने पूछा क्या ये वाक़ई दुरुस्त था।

"सौ फ़ीसद--" एक बार मैंने उससे बाज़ार में पूछा यह लड़की जो अभी-अभी हमारे पास से गुज़री है, क्या तुम उसके सम्बंध में भी तफ़्सीलात बयान कर सकते हो?"

मैं उस लड़की से एक घंटा पहले मिल चुका था। वो हमारे पड़ोसी लोजवाय की बेटी थी। और मेरी बीवी से सिलाई की ट्रेनिंग लेने आई थी। मैने उसे ग़ौर से देखा। इसलिए परीक्षा के तौर पर मैने मुजीब से सवाल किया था।

मुजीब मुस्कुराया: "तुम मेरा इम्तेहान लेना चाहते हो।"

"नहीं-- नहीं-- ये बात नहीं-- मैं-- मैं।"

नहीं, तुम मेरा इम्तेहान लेना चाहते हो। ख़ैर सुनो। वो लड़की जो अभी-अभी हमारे पास से गुज़री है और जिसे मैं अच्छी तरह नहीं देख सका, मगर लिबास के बारे में कुछ कहना फ़िज़ूल है, इसलिए कि हर वो शख़्स जिसकी आंखें सलामत हों और होशो-हवास दुरुस्त हों कह सकता है कि वो किस क़िस्म का था। वैसे एक चीज़ जो मुझे उसमें ख़ास तौर पर दिखाई दी, वो उसके दाहिने हाथ की छंगलिया थी। इसमें किसी क़द्र ख़म है। बाएं हाथ के अंगूठे का नाखुन 'मज़रूब' था। उसके लिपिस्टिक लगे होंठों से यह मालूम होता है कि वो आराइश के फ़न से महज़ कोरी है।"

मुझे बड़ी हैरत हुई कि उसने एक मामूली सी नज़र में ये सब चीजें कैसे भांप लीं-- मैं अभी इस हैरत में ग़र्क़ था कि मुजीब ने अपनी बात का सिलसिला जारी रखते हुए कहा, उसमें जो ख़ास चीज़ मुझे नज़र आई, वो उसके दाहिने गाल का दाग़ था-- ग़ालिबन लाहौर सोल-फोड़े का है।"

मुजीब का कहना दुरुस्त था-- मैं ने उससे पूछा। "ये सब बातें जो तुम इतने विश्वास से कहते हो, तुम्हें कैसे मालूम हो जाती हैं?"

मुजीब मुस्कुराया: मैं इसके सम्बंध में कुछ कह नहीं सकता। इसलिए

कि मैं समझता हूं हर आदमी में ये गुण होना चाहिए। ये गुण से मेरी मुराद हर उस शख़्स से है जो एक ही नज़र में दूसरे आदमी के तमाम 'ख़दो-ख़ाल' देख ले।

मैने उस से पूछा:

"ख़दो-ख़ाल देखने से क्या होता है?"

बहुत कुछ होता है-- "ख़दो-ख़ाल ही तो इंसान का सही किर्दार बयान करते हैं।"

"करते होंगे। मैं तुम्हारे इस नज़रिये से सहमत नहीं हूं।"

"न हो-- मगर मेरा नज़रिया अपनी जगह क़ायम रहेगा।"

"रहे-- मुझे इस पर क्या एतराज़ हो सकता है। बहरहाल, मैं ये कहे बिना नहीं रह सकता कि इंसान ग़लती का पुतला है-- हो सकता है तुम ग़लती पर हो।"

"यार, ग़लतियां, दुरूस्तियों से ज़्यादा दिलचस्प होती हैं।"

"ये तुम्हारा अजीब फ़लसफ़ा है।"

'फ़लसफ़ा गाय का गोबर है।"

"और गोबर?"

मुजीब मुस्कुराया: "वो-- वो-- उपला कह लीजिये, जो ईंधन के काम आता है।"

हमें मालूम हुआ कि मुजीब एक लड़की के इश्क़ में गिरफ़्तार हो गया है पहली ही निगाह में उसने उसके शरीर के हर ख़दो-ख़ाल का सही जाइज़ा ले लिया था। वो लड़की बहुत प्रभावित हुई, जब उसे मालूम हुआ कि दुनिया में ऐसे आदमी भी मौजूद हैं जो केवल एक नज़र में सब चीज़ें देख जाते हैं तो वो मुजीब से शादी करने के लिए रज़ामन्द हो गई।

उनकी शादी हो गई-- दुल्हन ने कैसे कपड़े पहने थे, उसकी दाईं कलाई में किस डिज़ाईन की दस्त-लच्छी थी-- उसमें कतने नगीने थे--

ये सब तफ़्सीलात उसने हमें बताईं।

उन तफ़्सीलात का ख़ुलासा ये है कि उन दोनों में तलाक़ हो गई।

किताब का ख़ुलासा

सर्दियों में अनवर गुमटी पर पतंग उड़ा रहा था। उसका छोटा भांजा उसके साथ था। चूंकि अनवर के वालिद कहीं बाहर गए हुए थे और वह देर से वापस आने वाले थे। इसलिए वह पूरी आज़ादी और बड़ी बेपरवाई से पतंगबाज़ी में मशग़ूल था। अनवर बड़े जोरों से अपनी पतंग को डोरा पिला रहा था। उसके भांजे ने जिसका छोटा सा दिल धक-धक कर रहा था, और जिसकी आंखें आसमान पर जमी हुई थीं, अनवर से कहा "मामू जान खींच के पीटिया काटलीजिये।" मगर वह इधर-उधर डोरा पिलाता रहा।

नीचे खुले कोठे पर अनवर की बहन सहेलियों के साथ धूप सेंक रही थी। सब कशीदाकारी में मसरूफ़ थीं। साथ-साथ बातें भी करती जाती थीं। अनवर की बहन शमीम, अनवर से दो वर्ष बड़ी थी। कशीदाकारी और सीने पिरोने के काम में माहिर! इसलिए गली की अक्सर लड़कियां उसके पास आती थीं और घंटों बैठी काम सीखती रहती थीं। एक हिन्दु लड़की जिसका नाम विमला था, दूर से आती थी। उसका घर करीबन दो मील पर था लेकिन वह रोज़ बड़ी बाक़ायदगी से आती और बड़े इन्हमाक से कशीदाकारी के नये-नये डिजायन सीखा करती थी।

विमला का बाप स्कूल मास्टर था। विमला अभी छोटी बच्ची ही थी कि उसकी मां का देहान्त हो गया। विमला का बाप लाला हरी चरण चाहता तो बड़ी आसानी से दूसरी शादी कर सकता था मगर उसको विमला का ख़्याल था। चुनांचि वह रांडवा ही रहा और बड़े प्यार मुहब्बत से अपनी बच्ची को पाल पोस कर बड़ा किया। अब विमला सोलह वर्ष की थी। सांवले रंग की दुबली पतली लड़की। खामोश-ख़ामोश बहुत कम बातें करने वाली। बड़ी

शर्मीली। सुबह दस बजे आती। आपा शमीम को प्रणाम करती और अपना थैला खोल कर काम में मशग़ूल हो जाती।

अनवर अठारह वर्ष का था। उसको तमाम लड़कियों में से सिर्फ सईदा से हल्की सी दिलचस्पी थी लेकिन ये हल्की सी दिलचस्पी कोई और सूरत इख़्तयार नहीं कर सकी थी। इसिलए कि उसकी बहन उसको लड़कियों में बैठने की इजाज़त नहीं देती थी। अगर वह कभी एक क्षण के लिये उनके पास आ बैठता आपा शमीम फ़ौरन ही उसको हुक्म देतीं, "अनवर उठो तुम्हारा यहां कोई काम नहीं" और अनवर को उसकी फौरन तामील करनी पड़ती।

विमला अलबत्ता कभी-कभी अनवर को बुलाती थी, नाविल लेने के लिये। उसने शमीम से कहा था। "घर में मेरा जी नहीं लगता। पिता जी बाहर शतरंज खेलने चले जाते हैं, मैं अकेली पड़ी रहती हूं, अनवर भाई से कहिये, मुझे नाविल दे दिया करें पढ़ने के लिये।"

पहले ही विमला शमीम के ज़रिये से नाविल लेती रही फिर कुछ अर्से बाद उसने बराहेरास्त अनवर से मांगने शुरू कर दिये। अनवर को विमला बड़ी अजीबो-ग़रीब लड़की लगती थी। यानी ऐसी जो बड़े ग़ौर से देखने पर दिखाई देती थी। लड़कियों के झुरमुट में ही वह बिल्कुल ग़ायब हो जाती थी। बैठक में जब-जब अनवर से नया नाविल मांगने आती तो उसकी आमद का उस वक़्त पता चलता जब वह उसके पास आकर धीमी आवाज़ में कहती "अनवर साहब-- ये लीजिये अपना नाविल-- शुक्रिया।" अनवर उसकी तरफ़ देखता। उसके ज़ेहन में अजीबो-ग़रीब तश्बीह उठती। "ये तो लड़की है जैसे किसी किताब का खुलासा।"

विमला और कोई बात न करती। पुराना नाविल वापस करके नया नाविल लेती और नमस्ते करके चली जाती। अनवर उसके बारे में चन्द लम्हात सोचता, इसके बाद वह उसके दिमाग़ से निकल जाती। लेकिन अनवर ने एक बात ज़रूर महसूस की थी कि विमला ने एक दो बार उससे कुछ कहना चाहा था मगर कहते-कहते रुक गई थी। अनवर बोलता, क्या कहना चाहती थी मुझ से? उसका जवाब उसका दिमाग़ यूं देता।, "कुछ भी नहीं--" मुझ से वह क्या कहना चाहती होगी भला?"

अनवर गुमटी पर पतंग उड़ा रहा था, पेच ढील का था, खूब डोर पिला रहा था। यकायक उसकी बहन शमीम की घबराई हुई आवाज़ आई-- "अनवर-- अब्बाजी आ गये।"

अनवर को और कुछ न सूझा हाथ से डोर छोड़ी और गुमटी पर से नीचे

कूद पड़ा। वह काटा, वह काटा का शोर बुलन्द हुआ। अनवर का घुटना बड़े ज़ोरों से छिल गया था। एक उसको इसका दुख था उस पर उसके हरीफ फातहाना नारे लगा रहे थे। लंगड़ाता-लंगड़ाता चारपाई पर बैठ गया। घुटने को देखा तो उसमें से ख़ून बह रहा था। विमला सामने बैठी थी। उसने अपना दुपट्टा उतारा, किनारे पर से थोड़ा-सा फाड़ा और पट्टी बना कर अनवर के घुटने पर बांध दिया। अनवर उस वक़्त अपने पतंग के बारे में सोच रहा था। उसको यक़ीन था मैदान उसके हाथ रहेगा लेकिन उसके बाप की बेवक़्त आमद ने उसे मजबूर कर दिया कि वह अपने हाथों से इतने बढ़े हुए पतंग का ख़ात्मा कर दे, हरीफ़ों के नारे अभी तक गूंज रहे थे। उसने गुस्सा आमेज़ आवाज़ में अपनी बहन से कहा, "अब्बाजी को इसी वक़्त आना था।"

शमीम मुस्कुराई। "वह कब आए हैं।"

अनवर चिल्लाया। "क्या कहा?"

शमीम हंसी। "मैंने तुम से मज़ाक़ किया था।"

अनवर बरस पड़ा "मेरा बेड़ा गर्क़ करके आप हंस रहीं हैं-- अच्छा मज़ाक है! एक मेरा इतना बढ़ा हुआ पतंग ग़ारत हुआ। लोगों की आवाज़ें सुनी। और घुटना अलग ज़ख़्मी हुआ।" ये कह कर अनवर ने अपने घुटने की तरफ देखा। सफ़ेद मलमल की पट्टी बंधी थी। अब उसको ये याद आया कि ये पट्टी विमला ने दुपट्टा फाड़ कर उसके बांधी थी। उसने शुक्र गुज़ार आंखों से विमला को देखा और उसको महसूस हुआ कि वह ज़ख़्म के दर्द को महसूस कर रही है। विमला शमीम से मुख़ातिब हुई "आपा आपने बहुत ज़ुल्म किया- ज़्यादा चोट आ जाती तो?"

वह कुछ और कहते-कहते रुक गई और कशीदाकारी करने में मसरूफ़ हो गई।

अनवर की निगाह विमला से हटकर सईदा पर पड़ी, सफेद पुल ओवर में वह उसे बहुत भली मालूम हुई। अनवर उससे मुख़ातिब हुआ "सईदा तुम ही बताओ ये मज़ाक अच्छा था-- हंसी में फंसी हो जाती तो?"

शमीम ने उसे डांट दिया "जाओ अनवर तुम्हारा यहां कोई काम नहीं" अनवर ने एक निगाह सईदा पर डाली। "बहुत अच्छा।" कहकर उठा और लंगड़ाता-लंगड़ाता फिर गुमटी पर चढ़ गया। थोड़ी देर पतंग उड़ाए। गुस्से में खींच कर हाथ मार कर क़रीबन एक दर्जन पतंग काटे और नीचे उतर आया। घुटने में दर्द था। बैठक में सोफ़े पर लेट गया और ऊपर कम्बल डाल ली। थोड़ी देर अपनी फतूहात (जीत) के बारे में सोचा और सो गया।

तक़रीबन एक घंटे के बाद उसको आवाज़ सुनाई दी जैसे कोई उसे बुला रहा है। उसने आंखें खोंली, देखा, सामने विमला खड़ी थी। मुरझाई हुई, कुछ सिमटी हुई सी। अनवर ने लेटे-लेटे पूछा।

"क्या है विमला?"

"जी मैं आपसे कुछ--" विमला रुक गई "जी मैं आप से कोई-- नई किताब-- कोई नई किताब दे दीजिये।"

अनवर ने कहा मेरे घुटनों में ज़ोरों का दर्द है-- वह जो सामने अलमारी है उसे खोलकर जो किताब तुम्हें पसन्द है ले लो।"

विमला ने कुछ कहे बग़ैर अलमारी का रुख़ किया और उसे खोलकर किताबें देखने लगी। अनवर के दिमाग़ में वह तश्बीह फिर आई। "ये किताब नहीं किताब का खुलासा है-- बहुत ही रद्दी काग़ज़ों पर छपा हुआ?"

विमला ने एक बार अनवर को कनखियों से देखा मगर जब उसे मुतवज्जा पाया तो उसकी तरफ पीठ कर ली। कुछ देर किताबें देखीं एक मुन्तख़ब की, अल्मारी को बन्द किया, अनवर के पास आई और "मैं ये ले चली हूं" कहकर चली गई।

अनवर ने विमला के बारे में सोचने की कोशिश की मगर उसकी सईदा के सफेद पुलओवर का ख़्याल आता रहा-- पुलओवर पहनने से जिस्म के ख़त कितने वाज़ेह हो जाते हैं-- सईदा का सीना और इस विमला की मरियल छातियां-- जैसे उनका दूध अलग करके सिर्फ़ पानी रहने दिया गया है... सईदा के घुंघराले बाल... कमबख़्त ने अपने माथे के जख़्म के निशान के छुपाने देती है उस पर-- और विमला-- जाने क्या तकलीफ़ है उसे कहना चाहती-- शायद उसका अन्दाज़ ही इसी क़िस्म का हो-- हमेशा किताब इसी तरह मांगती है जैसे कोई मदद मांग रही है-- कोई सहारा ढूंढ रही है-- सईदा माशाअल्लाह आज सफेद पुल ओवर में क़यामत ढा रही थी-- ये क़यामत ढाना क्या बकवास है-- क़यामत तो हर चीज़ का ख़ात्मा है और सईदा भई मेरी समझ में नहीं आई ये लड़की-- शायद उसको कोई माली तकलीफ़ है-- लेकिन घर तो अच्छा खासा था-- एक ही पलंग था लेकिन बड़ा शानदार-- सोफा सेट भी बुरा नहीं था उसमें कोई बुराई नहीं थी।... सईदा का घर तो बहुत ही अमीराना है, बड़े रईस की लड़की है। इस रियासत की ऐसी तैसी-- यही तो बहुत बड़ी मुसीबत है वर्ना... लेकिन छोड़ो जी-- सईदा जवान है। कल कहीं ब्याह दी जाएगी-- मुझे खुदा जाने आगे कितने वर्ष लगेंगे पूरी तालीम

हासिल करने में-- बी.ए.-- बी.ए के बाद विलायत-- मेमें?-- देखेंगे... लेकिन सफेद पुल ओवर खूब था।''

अनवर के दिमाग़ में इसी क़िस्म के मिश्रित विचार आते रहे, उसके बाद वह दूसरे कामों में मशग़ूल हो गया।

दूसरे रोज़ विमला न आई मगर अनवर ने उसकी ग़ैर हाज़री की कुछ ज़्यादा महसूस नहीं किया। बस सिर्फ़ इतना देखा कि लड़कियों के झुरमुट में नहीं है-- शायद हां, लेकिन अगले रोज़ जब विमला आई तो लड़कियों ने उससे पूछा... विमला तुम कल क्यों नहीं आईं।''

विमला और ज़्यादा मुरझाई हुई थी। और ज़्यादा मुख़्तसर हो गई थी। जैसे किसी ने रंदा फेर कर उसको हर तरफ़ से छोटा और पतला कर दिया है। उसका सांवला रंग अजब क़िस्म की दर्दनाक जर्दी इख़्तयार कर गया था। लड़कियों का सवाल सुनकर उसने अनवर की तरफ़ देखा जो गमलों में पानी दे रहा था। और थैला खोलकर चारपाई पर बैठते हुए कहा ''क्या पिताजी-- कल पिताजी बीमार थे।''

शमीम ने अफसोस ज़ाहिर किया और पूछा ''क्या तकलीफ थी उन्हें?'' विमला ने अनवर की तरफ़ देखा चूंकि वह उसको देख रहा था इसलिए निगाहें दूसरी तरफ़ कर लीं और कहा:

''तकलीफ़-- मालूम नहीं क्या तकलीफ़ थी''

फिर थैले हाथ डालकर अपनी चीज़ें निकालीं। ''मैं तो नहीं समझती।''

अनवर ने सोटा मुंडेर पर रखा और विमला से मुख़ातिब हुआ ''किसी डाक्टर से मश्विरा लिया होता।''

विमला ने अनवर को बड़ी तेज़ निगाहों से देखा ''उनका रोग डाक्टरों की समझ में नहीं आएगा। ''अनवर को ऐसा महसूस हुआ कि विमला ने उससे ये कहा है ''उनका रोग तुम समझ सकते हो।'' वह कुछ कहने ही वाला था कि सईदा की आवाज़ उसके कानों में आई वह विमला से कह रही थी '' खालू जान के पास जाएं, वह बहुत बड़े डाक्टर हैं। यूं चुटकियों में सब कुछ बता देंगे।''

सईदा ने चुटकी बजाई थी मगर बजी नहीं थी। अनवर ने उससे कहा ''सईदा से चुटकी कभी नहीं बजेगी। फ़िज़ूल कोशिश न किया करो।''

सईदा शर्मा गई, आज उसका पुलओवर सियाह था। अनवर ने सोचा कमबख़्त पर हर रंग खिलता है-- लेकिन कितने पुलओवर हैं उसके पास?'-- हर वक़्त कोई न कोई बुनती ही रहती है। स्वीटरों और पुल ओवरों

का रब्त है-- उससे मेरी शादी हो जाए तो मज़े आजाएं। पुल ओवर ही पुल ओवर-- दोस्त यार ख़ूब जलें-- लेकिन ये विमला क्यों आज राख की ढेर सी लगती है? सईदा शर्मा गई थी-- ये शर्माना मुझे अच्छा नहींलगा-- चुटकी बजाना सीख ले मुझ से-- मुझ से नहीं तो किसी और से-- लेकिन बेहतरीन चुटकी बजाने वाला हूं।''

ये सब कुछ उसने एक सेकण्ड के अर्से में सोचा। सईदा ने कोई जवाब न दिया था। अनवर ने कहा ''देखिये चुटकी यूं बजाया करते हैं'' और उसने बड़े ज़ोर से चुटकी बजाई। इत्तफाक़न उसकी निगाह विमला पर पड़ी उसके चेहरे पर मायूसी की मुर्दनी तारी थी अनवर के दिल में हमदर्दी के जज़्बात उभर आए ''विमला तुम पिता जी से कहो कि वह किसी अच्छे डाक्टर से जरूर मश्विरा लें-- उनके सिवा तुम्हारा कौन है।''

ये सुनकर विमला की आंखों में आंसू आ गए। जो़र से दोनों होंठ भींचे और इन्तहाई ज़ब्त के वावजूद ज़ारो-क़तार रोती बरसाती की तरफ दौड़ गई। सारी लड़कियां काम छोड़ कर उसकी तरफ़ भागीं। अनवर ने बरसाती में जाना मुनासिब नहीं समझा और नीचे बैठक में चला गया। विमला के बारे में उसने सोचने की कोशिश की मगर उसके दिमाग़ ने उसको रहबरी न की। वह विमला के दुःख दर्द का सही आंकलन नहीं कर सका। वह सिर्फ़ इतना सोच सका कि उसको सिर्फ इस बात का ग़म है कि उसकी मां ज़िन्दा नहीं।

शाम को अनवर ने अपनी बहन से विमला के बारे में पूछा तो उसने कहा ''मालूम नहीं क्या दुखं है बेचारी को-- अपने बाप का बार-बार ज़िक्र करती थी कि उनको जाने क्या रोग है और बस।''

सईदा पास खड़ी थी। स्याह पुल ओवर पहने। उसकी जीती जागती-छातियां आबनूसी गोलों की सूरत में उसके सफेद न नवन के दुपट्टे के पीछे बड़ा दिलकश तज़ाद पैदा कर रही थी। ऐसा लगता था जैसे सिया बट्टों पर उनकी चमक छुपाने के लिये किसी मकड़ी ने महीन सा जाला बुन दिया है। अनवर विमला का दुख भूल गया और सईदा से बातें करने लगा। सईदा ने उससे कोई दिलचस्पी न ली और आपा शमीम को सलाम करके चली गई।

अनवर बैठक में कालेज का काम करने बैठा तो उसे विमला का ख़्याल आया ''कैसी लड़की है?-- कुछ समझ में नहीं आता-- मेरी पट्टी बांधी-- अपना दुपट्टा फाड़ के-- आज मैने कहा, पिता जी के सिवा तुम्हारा कौन है उसने ज़ारो-क़तार रोना शुरू कर दिया-- और जब मैं गमलों में पानी दे रहा था तो विमला की इस बात से कि उनका रोग डाक्टरों की समझ

में नहीं आएगा।-- उसने क्यों ये महसूस किया था कि विमला ने उसके बजाय उससे ये कहा है, उनका रोग तुम समझ सकते हो-- लेकिन मैं कैसे समझ सकता हूं। वह मुझे ठीक तौर पर समझाती क्यों नहीं, यानी अगर वह समझाना नहीं चाहती है, मेरी समझ में तो कुछ भी नहीं आता-- जब उसने मेरी तरफ़ देखा था तो उसको निगाहों में इतनी तेज़ी क्यों थी?-- अब ख़्याल करता हूं तो महसूस होता है जैसे वह मेरी ज़हानतो-फ़रासत पर लानत भेज रही थी-- लेकिन क्यों?-- हटाओ जी... सईदा-- हां वह स्याह पुल ओवर-- सफेद दानों का हवाई दुपट्टा-- और... लेकिन मुझे ऐसा नहीं सोचना चाहिये-- जाने किस का माल है... ख़ैर कुछ भी हो, ख़ूबसूरत लड़की है-- मगर उसपर खूबसूरती ख़त्म ही नहीं हो गई?"

अगले रोज़ विमला न आई। अनवर के घर में सब चिंतित थे। दुआएं करते थे कि खुदा उसके बाप को उसके सर पर सलामत रखे। शमीम को विमला बेहद पसंद इसलिये थी कि वह ख़ामोश पसन्द और ज़हीन थी। बारीक से बारीक बात फौरन समझ जाती थी, चुनांचि वह सारा दिन वक़्फ़ों के बाद उसको याद करती रहीं। अनवर की मां ने तो अनवर से कहा कि वह साइकल पर जाए और विमला के बाप की ख़ैरियत दर्याफ्त करके आय।

अनवर गया-- विमला सागवान के चौड़े पलंग पर ओंधे लेटी थी। सांस का उतार-चढ़ाव तेज़ था। अनवर ने होले से पुकारा तो कोई रद्दे अमल न हुआ। ज़रा बुलन्द आवाज़ में कहा "विमला" तो वह चौंकी। करवट बदलकर उसने अनवर को देखा। अनवर ने नमस्ते की विमला ने हाथ जोड़ कर उसका जवाब दिया। अनवर ने देखा कि विमला की आंखें पीली थीं जैसे वह रोती रही थी और उसने अपने आंसू खुश्क नहीं किये थे।

पलंग पर से उठकर उसने अनवर की कुर्सी पेश की और खुद फर्श पर बिछी हुई दरी पर बैठ गई। अनवर ने कुछ देर खा़मेश रहने के बाद कहा "वहां सबको फिक्र थी-- पिताजी कहां हैं?"

विमला के मुरझाए होंट खुले और उसने खोखली आवाज़ में सिर्फ इतना कहा "पिता--!"

अनवर ने पूछा... तबियत केसी है उनकी?"

"अच्छी है" विमला की आवाज़ उसकी आवाज़ नहीं थी।

"तुम आज नहीं आई तो सबको बड़ी तशवीश हुई-- अम्मी जान ने मुझ से कहा "साइकिल पर जाओ और पता लेकर आओ-- लाला जी कहां हैं?"

"शतरंज खेलने गए हैं"

"तुम आज क्यों नहीं आईं।"

"मैं?"

ये कहकर विमला रुक गई। थोड़े वक़्फ़े के बाद बोली "अब नहीं आ सकूंगी-- मुझे-- एक काम मिल गया है"

अनवर ने पूछा "कैसा काम"

विमला ने एक आह भरी " कल ही मालूम हुआ है-- जाने क्या है" ये कहते हुए वह कांपी। ठीक है, जो कुछ भी है वह ठीक है। फिर वह जैसे अपने अन्दर डूब गई।

कुछ देर खामोश रही। फिर अनवर ने उकता कर पूछा "मैं उनसे क्या कहूं?"

"और कुछ कहने की ज़रूरत नहीं-- सबको नमस्ते।"

अनवर कुर्सी पर से उठा हाथ जोड़ कर विमला को नमस्ते की। विमला ने उसका जवाब दिया मगर अनवर खड़ा रहा। विमला शून्य में निहार रही थी। थोड़ी देर के बाद अनवर उससे मुखातिब हुआ " विमला-- मुझे ऐसा महसूस होता है कि-- मुझी ऐसा लगता है कि तुमने मुझ से कई बार कुछ कहने की कोशिश की मगर कह न सकीं-- मैं पूछ सकता हूं"

विमला के होठों पर एक ज़ख़्मखुर्दा मुस्कुराहट नमूदार हुई। अनवर अपनी बात मुकम्मल न कर सका। विमला उठी। खिड़की के साथ लग कर उसने नीचे की तरफ़ देखा और अनवर से कहा "जो मैं कह न सकी तुम समझ न सके, अब कहने और समझने से बहुत परे चला गया है-- तुम जाओ, मैं सोना चाहती हूं।"

अनवर चला गया-- विमला फिर न आई। क़रीबन दस महीनों बाद अख़बारों में ये संसनी फैलने वाली ख़बर छपी कि बड़ी सड़क की 'बदरू' में एक नव जात शिशु मरा हुआ पाया गया। तहक़ीक़ात की गई तो मालूम हुआ कि बच्चा लाला हरीचरन स्कूल मास्टर की लड़की विमला का था और बच्चे का बाप खुद लाला हरीचरण था-- घर में सकता छा गया।

अनवर ने सोचा तो सारी किताब का खुलासा ये था।